CW01646566

TURKS FRUIT

Jan Wolkers
Turks fruit

J.M. MEULENHOFF

Eerste druk 1969, achtenveertigste druk 2007
Copyright © 1969 Jan Wolkers, Pomona, Texel
Vormgeving omslag Jan Vermeulen

www.meulenhoff.nl
ISBN 978 90 290 7703 3 / NUR 301

Voor Olga Stabulas

RASTAPOPOULOS: *Ik, naar? Ik ben de grootste naarling van de hele wereld! Het is erg, maar toch écht waar!*
CARREIDAS: *O, nee, ik ben de grootste naarling van de wereld... En ik ben trouwens veel rijker!*
RASTAPOPOULOS: *Misschien, maar ik heb mijn drie broers en mijn twee zusters geruïneerd en mijn ouders uitgezogen... Nou, wat zegt u daarvan?*
CARREIDAS: *Dat is nog niks! Ik ben zo slecht geweest tegen mijn oudtante, dat ze gestorven is van verdriet!*
RASTAPOPOULOS: *Nu heb ik er genoeg van! Vooruit, geef toe, dat ik slechter ben dan u!*
CARREIDAS: *Nooit! Hoort u dat? Ik sterf nog liever!*

DE AVONTUREN VAN KUIFJE
VLUCHT 714

Jan Wolkers
Erelid Pop-Music

Inhoud

Een scheerpan vol lof

Ik was aardig in de rotzooi terechtgekomen nadat ze bij me weggegaan was. Ik werkte niet meer, ik at niet meer. Ik lag de hele dag tussen mijn vuile lakens en plakte foto's en naaktfoto's van haar vlak bij mijn gezicht zodat ik op den duur haar dik onder de rimmel zittende oogharen dacht te zien bewegen als ik me aftrok. En haar lippen vol te zien worden en vochtig naar buiten gekruld, en de geluiden te horen als ze klaarkwam, heftig als in het begin, toen ze nog niet geleerd had het genot voor zichzelf en mij te houden maar het wel de hele wereld in wilde schreeuwen, waardoor een buurvrouw aan haar vroeg: 'Wat doet hij toch met je?' En een buurman tegen mij zei: 'Het lijkt wel of jullie een nest jonge honden in huis hebben.' Ik las haar brieven na en schreef er zinnen uit op de muur: *Nadat ik je verlaten had, moest ik een apotheek inrennen om bloedstelpende watten, die nodig waren om mijn hart in goede conditie te houden.* En: *Gisterenavond kon je hier in de stad het hooi ruiken. Ik verlang zo naar je. Terwijl ik je schrijf maakt mijn kut zuigende bewegingen als het mondje van een baby.* Ik pijnigde mijn hersens af met er steeds weer aan te denken wat er misgegaan was, waarom ze van me weggegaan was voor zo'n klootzak, zo'n handelsreiziger, zo'n uit zijn krachten gegroeide lul met een doorgebogen rug. Ik kreeg pijn in mijn hoofdhuid van het denken en wroeten. Ik kwam er niet uit, ik kon het niet begrijpen. Hoe had ze zich zo kunnen laten vergiftigen. Door dat smerige secreet van een moeder van haar. En dan trok ik me maar weer af bij die foto van haar, naakt, op haar rug gezien. Ze richt zich even op zodat haar billen zwaar naar beneden hangen. En ik riep, schijt, godverdomme, schijt voor me, dan lik ik de stront van je reet. Maar na veertien dagen was het genoeg, toen kwam ik uit bed. Mager en vervuild. In de keuken vond ik op het gasstel in een braadpannetje het laatste wat ze in huis gedaan had. Twee gehaktballen. Ze lagen in een donsbed van schimmel en toen ik ze door de plee spoelde kon ik wel lachen en janken tegelijk omdat ik moest denken aan de gehaktbal die ze opgestuurd had naar de Rijkskeuringsdienst voor Waren toen ze als meisje op een internaat zat. Ik nam een douche en wreef mijn lichaam rauw met het skelet van de zeekomkommer waar haar rooie haren als nylondraad omheen gewonden zaten. En ik deed mijn beste kleren aan en keek aandachtig naar mezelf in de spiegel. Ik vond dat ik met mijn magere gezicht en wilde krullen, mijn strakke zwarte broek en zwart leren jasje er onsterfelijk mooi uitzag. En ik fluisterde tegen mezelf in alle ernst, want ik kon er niet om lachen: 'Een geluk bij een ongeluk.' Ik reageerde net als dat joodse mannetje uit die mop die door zijn vriend betrapt wordt als hij op de dag van de begrafenis van zijn vrouw uit het bordeel komt en zegt: 'Weet ik wat ik doe in mijn smart.' Ik naaide de ene meid na de andere. Ik sleepte ze naar mijn hol en rukte ze de kleren van het lijf en ramde me een ongeluk. Dan werkte ik ze de deur uit na een haastig glas drank. Soms drie op een dag. Grote tieten, hangend als zakken brij met spenen om aan te zuigen. Kleine verschrompelde tietjes, te zielig om te strelen. Dan maar het truitje aanhouden. Bossen schaamhaar, ruw als zeegras, zacht als bont. Droge kutten met wratten van binnen. Naar aan je vingers maar lekker voor je lul. Kutten die je niet te zien kreeg omdat er een handje voor werd gehouden. Kutten zacht en vochtig als een vlabroodje. Struise meiden met heupen als kazen en een Rotterdams accent en vol agressiviteit die je pik vasthielden alsof het het handvat van een drilboor was. Die meteen na het naaien de afwas wilden gaan doen en de vloer dweilen en de plee schoon schrobben. Meisjes die met een nat neusje in je borsthaar uithuilden omdat ze door hun vader verkracht waren toen ze vijftien waren. De Indonesische die het op de maagdentoer wilde doen en halfdaas riep met die ronde intonatie: 'Wat doe jij met mij?' 'Ik doe je dijen uit elkaar en ik steek mijn pik in je en ik ga je neuken tot ik die zoete adem van je niet meer ruik. Kom maar op met je kleverige lippen. Laat je tong maar naar buiten hangen dan vreet ik hem op.' De stinkende hoofdpijn waarmee ik wakker werd als er weer een maandverband onder het hoofdeinde van mijn matras was gestopt. Het bloed zwartbruin als appelstroop. De platjes die ze je aanbrachten als grijze huidschilfers met de groeten van veel vrienden uit verre landen. En ik schreef al die kortstondige ontmoetingen in een dagboek. Vaak met een haarlok erbij geplakt en soms met schaamhaar als ik ze zo gek had kunnen krijgen. En hoe ik ze verleid had en soms zij mij. En wat ze gezegd hadden, en wat ik gezegd had. Want er is niets zo aantrekkelijk voor een vrouw als een man die lijdt aan een verloren liefde. Maar na een paar maanden kotste ik ervan. Ik kwam weer wat tot rust en verhuurde mijn voorkamer aan twee Amerikaanse meisjesstudenten die ik met geen vinger aanraakte. Ze studeerden kunstgeschiedenis en hadden tussen een reproductie van Het Lam Gods van Memlinc en het onvermijdelijke zelfportret van die gek uit Arles met een verband om z'n kop, spreuken aan de wand geprikt. THERE'S NOTHING SADDER THAN ASSOCIATIONS HELD TOGETHER BY NOTHING BUT THE GLUE OF POSTAGE STAMPS. En: ONE WHO PUTS SALT IN THE SUGAR BOWL IS A MISANTHROPE. Iedere vrijdag brachten ze een slijmerige krant vol miezerige scholletjes van de markt mee terwijl ze toch niet rooms waren. Om te zouten legden ze ze gewoon in het gootsteentje dat glibberig was van het rochelen en pissen dat ik erin deed en dat stonk naar rotte sla. Ze waren te stom om te begrijpen dat ze dat op een bord moesten doen. Daarom zei ik er niets van toen ze op een keer mijn scheerpan vol lof op het gas hadden staan en ik de rand aangekoekte zeep met zwarte haartjes langzaam in de kokende groente zag wegsmelten. Het hielp toch niet. In Amerika smaakte trouwens alles naar zeep zoals ze zeiden. Daarom gingen ze zeker vier keer per dag onder de douche, die vlak boven de wc was zodat ik ze hoorde plassen en giechelen als ik uitgebreid op de plee de krant zat te lezen. En door dat langdurige zitten op de afvoer kwam het water door de barsten naar beneden. Eerst werden de muren alleen maar vochtig, maar na een paar maanden telde ik zeven verschillende soorten schimmel. En daarna kwamen er kalkachtige uitstulpsels uit de muur en het plafond groeien, zodat het was of hun schedeflora zich door de vloer heen uitzaaide als een groezelig koraal. Ook daar zei ik niets van, want per slot van rekening gebruikte ik zelf ook de douche. Om de andere dag, had ik met ze afgesproken. Ik kwam dan in mijn ondergoed hun kamer in. Ze zaten op de divan en staken aandachtig hun Amerikaanse wipneusjes in hun boeken. Hardop het Hollands uitspellend. Van de Catacomben tot Greco of van dat soort stuff. Dan deed ik mijn broek en hemd uit en legde die als een hoopje op de vloer. Ik verdacht ze ervan dat ze voor ik met mijn harige lijf in de douche verdween me nog even gauw in mijn aars probeerden te kijken. En dan weer snel voor elkaar doorlazen over Giotto en Cimabue of een paar van die andere ouwe zakken. Als ik een goeie bui had stak ik nog even mijn hoofd om de deur en riep: 'Rembrandt is de grootste prutser van de zeventiende eeuw.' Dan verstrakten ze en durfden niet mijn kant op te kijken omdat ze niet wisten wat er door de deur naar buiten stak. Dan zette ik onder het luidruchtige zingen van The Stars And Stripes Forever de kraan open. Onder het lauwe water hield ik mijn stijve pik in mijn hand en stelde me voor dat ik zo hun kamer in zou lopen, tussen ze in zou gaan liggen en me door die grijpgrage dollarhandjes koel en hard zou laten afrukken. Dat ze het zaad over mijn buik zouden uitsmeren en daar de afgeweekte postzegels van de brieven uit Amerika (van Grace Anderson alias Miss Lonely Hearts of Babe Sherman) in zouden plakken, met de afbeeldingen erop van het vrijheidsbeeld met een boog erboven IN GOD WE TRUST en eronder LIBERTY. Of met de afbeeldingen erop van een van hun ouwe historische knarren, een oud tandeloos wijf in lichtgroen of lichtpaars, uit hun roemrijk verleden van indianen-, bizon-, neger- en broedermoordenaars. Maar het is nooit gebeurd. Wel hebben ze in het begin aanmerkingen gemaakt op mijn naakt in en uit de douche komen. Ik gaf ze niet eens antwoord. Ik liep naar beneden, legde mijn pik op de rand van de tafel op een stuk papier, trok die om, schreef erboven MY PENIS en schoof dat bij ze onder de deur door. Ik heb het niet tussen hun reproducties en spreuken aan de wand teruggevonden en ook niet in de vuilnisbak. Zodat ik vermoed dat een van hen beiden er tot op de dag van vandaag op haar huid tussen haar onzindelijke step-in gestoken mee rondloopt als met een kleinood. Wel stuurden ze een Amerikaanse jongen op mij af die ze in de stad hadden leren kennen. Een molligerd met gemillimeterd haar en het uiterlijk van een teddybeer maar met kwaadaardige lichte ogen. Hij kwam in zijn functie van ouderling van de kerk van Jezus Christus van de Heiligen der Laatste Dagen. Waarschijnlijk hadden ze hem mijn tekening laten zien en wilde hij de bekering inzetten met die erectie tot zijn gewone stand terug te brengen onder het motto: Mijn Verlosser hangt aan 't Kruis. Hij begon tenminste met mij een kaartje te geven met een kleurenfoto erop van een eng gebouw dat de koepel van een tempel als een mislukt ei bewaakte. De Latter-Day Saints tempel bij Salt Lake City in Utah. Toen hij een preek tegen me af wilde gaan steken over het Boek van Mormon, zei ik hem dat die Amerikanen helemaal niet godsdienstig zijn. Dat ze alleen maar in keiharde dollars denken. Dat hij toch ook wel wist dat Mormon de afkorting was van More Money. Hij schudde zijn hoofd en bleef wijs. Want je kan toch niet meteen met napalm gaan gooien. Maar toen hij drie kleine figuurtjes uit zijn zak haalde en die als halmapionnen op tafel zette, en erbij vertelde dat dit de heilige apostelen Peter, John en James waren, kon ik niet laten mijn gulp open te knopen, mijn lul tevoorschijn te halen en te zeggen: 'And this is the holy Habakkuk.' Hoofdschuddend is hij weggegaan met een licht verdriet om het verloren afzetgebied. Wel griste hij nog snel de drie heilige apostelen als kleingeld van mijn tafel. En ik heb hem nooit meer teruggezien. Maar hun andere vriendjes des te meer. Bleke zwervende Amerikaanse studenten, met een beurs die te weinig was om van te leven en te veel om te sterven. Zodat ze rusteloos door een niemandsland van onbestemde meisjeskamertjes zwierven, de diepe zakken van hun rafelige legerjassen vol gepofte maïs, kauwgum en roggebrood. Van Stavanger tot Napels. Toen ik op een morgen naar de douche ging telde ik er vijftien. Ze lagen op de grond verspreid, gewikkeld in grijze paardendekens of indiaanse lappen te slapen of muf een boterham met aardbeienjam te herkauwen. Ik liep erdoorheen als door een kolonie zeehonden. Voorzichtig om niet op staarten of flappers te trappen. Als er een met een gitaar bij was zongen ze de hele middag volksliederen. Een soort Amerikaanse Hei Boer Hei of Daar Was Een Wuuf Dat Spon. Soms zo luidruchtig dat de buren opbelden om te vragen of ik de radio zachter wilde zetten. Als ik de meisjes vroeg of er nou niet een jongen bij was waar ze een verhouding mee wilden beginnen, omdat ik hoopte dat de rest dan de aftocht zou blazen, keken ze kieskeurig. En dan bleek dat de een 'too hot to handle' was, en dat de ander was 'chewing his gum too loudly'. Het bleven dus alleen maar slapers op de harde vloer, eters en douchers. Maar de stalactieten aan het plafond van mijn wc groeiden onrustbarend, gevoed als ze werden door bacteriën, kopkaas en korsten uit alle vijftig staten van Amerika. Toen ze er ook nog een dozijn parkieten bij namen die ze los in de kamer lieten rondvliegen zodat de stront met veertjes tussen mijn tenen plakte als ik uit de douche kwam en ik kromliep van de pijn van het scherpe parkietenzaad dat in mijn voetzolen drukte, was de maat vol. Ik trapte die clochards van Uncle Sam eruit, smeet de ramen open en sloeg met de mattenklopper de parkieten de straat op alsof ik badminton aan het spelen was. Tegen de meisjes, die bleek en huilend probeerden de parkieten uit de struiken voor het huis te vangen met hun tulen hoofddoeken, riep ik, dat ze konden opdonderen met hun gepofte maïs en sweet potatoes. Dat ik ze op staande voet de huur opzegde voordat die rotvogels met hun kromme snavels alle vier de wanden van hun kamer tot aan de binnenmuur zouden hebben afgeknabbeld. Diezelfde middag hebben ze nog even in de straat voor opschudding gezorgd toen ze met hun spullen op een bakfiets vertrokken met een stuk of tien van hun jongetjes eromheen die allemaal een paar parkieten in een leefnet droegen die ze inderhaast in een winkel voor visserijbenodigdheden in de buurt hadden gekocht. En ze kwamen me nog een hand geven ook. Een beetje wee, want ik had het begrijpelijker gevonden als ze me verwijtend hadden gevraagd of dit nu de dank was voor de Marshallhulp. Of als ze me de spreuk naar mijn hoofd geslingerd hadden, die ze in de uitgeleefde troep aan de muur hadden laten zitten: ONE WHO PUTS SALT IN THE SUGAR BOWL IS A MISANTHROPE.

De vleugels van Hermes

Ik wist dat de onderkant van het crapaudtje waarin hij altijd zat een miniatuurberglandschap was van gedroogde snot. Hij peuterde het met zijn pink uit zijn neus, draaide er bolletjes van die hij bulletjes noemde en drukte ze zorgvuldig aan de onderkant van de stoel. Het was een van de eerste dingen die ze me over hem vertelde want ze hield veel van haar vader. Haar moeder had zich rot geschaamd. Want de werkster had het ontdekt bij de schoonmaak. Ze dacht eerst dat het houtlijm was of hars en probeerde het er met haar nagels af te krijgen. Maar zelfs met het broodmes sprongen er alleen maar een paar schilfers af. Ze hebben toen die geelgroene reliëfs maar laten zitten, want er zouden toch nog bergen bijkomen. Je kon hem niets afleren. Zo goedig als hij was, hij was wat zijn snot betrof net een koppig kind. Onder het eten vouwde hij ook altijd zijn sla samen voor hij het in zijn mond stak omdat anders de luizen wegliepen. En als de Radetzkymars over de radio kwam zong hij het mee met de woorden: Tieten kont, tieten kont, tieten kont, kont, kont, Tieten kont, tieten kont, tieten kont, kont, kont. Precies in de maat. En natuurlijk alleen als zijn vrouw niet in de kamer was. Maar het meest hield hij van De Jonge Flierefluiters met zang van Peter de Boorder. Toen Olga nog klein was had ze een keer tijdens het eten op tafel overgegeven en was in huilen uitgebarsten. Haar moeder was kwaad van tafel gelopen maar hij had een beertje van haar gepakt en dat steeds buigend boven de kots gehouden en gezegd: 'Beertje moet pugen. Beertje moet pugen.' Net zo lang tot ze begon te lachen. Ik hield van die man, zoals hij met zijn rode vlekkerige gezicht en zijn kwabbige lichaam in die crapaud geklemd zat als we op bezoek kwamen. Zijn dikke armen hijgerig op de leuningen, tenminste als hij niet aan het bulletjes draaien was. Ook al zei hij iedere keer dat de Amerikanen een ongeciviliseerd volk waren en vroeg hij steeds weer: 'Ken je die mop van die twee jongens die naar Parijs gingen? Nou, die gingen niet.' En iedere keer weer zat hij te schudden van het lachen in zijn nauwe stoeltje. Of: 'Wie likt de koningin van achteren?' En als je hem dan quasi-vragend aankeek alsof je het voor de eerste keer hoorde zei hij: 'Iedereen die een postzegel op een brief plakt.' En dan zat hij weer heel lang te trillen van het lachen als een pudding tijdens een bombardement. Hij was veel te dik. Hij was al jaren op dieet, waarvan hij zei: 'Die-eet weer lekker.' Als we bij haar ouders logeerden was zijn vrouw een en al poezige liefheid en bezorgdheid voor hem. Maar één aardappeltje met een klein beetje jus van onderuit. Voor zijn leveraandoening. Want hij werd verdomme met de week geler. Maar toen Olga en ik een keer wat eerder van tafel waren opgestaan omdat we naar de film gingen, en ik nog even de kamer inliep om mijn sigaretten te halen, had ze zijn bord vol aardappelen geschept en was ze juist bezig er een paar flinke scheppen jus over te schenken. Ze keek me vijandig en schuldig aan. Ik had haar betrapt op moord met geduld. Maar ik vertelde er niets van aan Olga. Ze zou zich ongerust gemaakt hebben zonder dat ze er iets aan had kunnen doen. Niemand had haar tegen kunnen houden hem zijn vet te geven. Ik haatte die vrouw. Niet alleen daarom maar ook omdat ze me steeds moederlijk wilde omhelzen omdat ik met haar dochter ging, zodat ik iedere keer weer voelde dat er een borst weggenomen was omdat er kanker in zat. De stijve stof van een lege bustehouder. Omdat ze wilde laten merken dat ze nog meetelde, zodat je om de haverklap in de badkamer zo'n in krantenpapier gewikkelde bloedmuis op een pak maandverband vond. Ze kwam ook altijd onze slaapkamer in. Om het ontbijt te brengen. Zo'n blubberige scheet van een zacht gekookt ei en beschuiten. En dan bleef ze een beetje dubbelzinnig en viezig lang rondhangen zodat ik er dagdromen van kreeg als ik weer met Olga alleen lag in de stank van zwavellever van het vakkundig onthoofde ei. Dat haar moeder de dekens weg zou slaan, mijn pik in haar dochter steken en zeggen terwijl ze me bij mijn kloten greep: 'De ballen houd ik wel vast.' En dan haar ene borst met een tepel zo groot als een eikel uit haar peignoir zou schudden en bij Olga naar binnen duwen. En uit wraak, omdat dat wijf toen al bij Olga zat te stoken, had ik in de badkamer wel haar kunstgebit om mijn pik willen doen en me zo in de wastafel afrukken. Ze had haar man leren kennen in het ziekenhuis. Hij als patiënt, zij als verpleegster. Al wassend, stuitwrijvend en temperatuuropnemend. Ze had zijn zakie al gezien voordat hij haar ook maar een kus had gegeven. Hij vormeloos, goedig en welgesteld. Zij knap, arm, begerig en toen nog met twee borsten. Een berekenende vrouw die in het geheim moederkoeken meenam uit het ziekenhuis voor haar hond, een whippet, die ze, als ze hem uitliet, zijn poepertje afveegde met een wc-papiertje als hij zijn behoefte had gedaan. Ze maakte grappen over haar dikke patiënt tegen haar collega's en die zeiden: 'Jij trouwt nog met je spot.' Maar dat had ze allang voor zichzelf uitgemaakt. Ze knuffelde en verwende hem er zo dat ze hem regelrecht van het ziekbed in het huwelijksbootje manœuvreerde. Binnen korte tijd voerde ze hem zo vet dat ze geen kind meer aan hem had en hij zich bijna niet meer kon bewegen en alleen nog maar in staat was om diep weggezakt in zijn grote Amerikaan van zijn huis naar de zaak te rijden, een groothandel in huishoudelijke artikelen, die hij na de dood van zijn vader: 'Hermes' gedoopt had. Door een stiekeme verhouding van haar in de oorlog met een Duits officier, was hij heel voordelig aan een enorme partij messen gekomen waar hij natuurlijk mee bleef zitten, omdat de herkomst door het plompe model en het stempel duidelijk was. En tien jaar na de oorlog gaf hij ze nog als relatiegeschenk aan zijn klanten mee. Als hij thuiskwam na een dag amechtig achter zijn bureau zitten, was ze er vaak niet. Dan liep hij doelloos door het huis en riep om haar als een dik ziek kind. Olga kwam dan van school thuis in een sfeer van verdriet, wanhoop en wantrouwen. Want hij wist allang dat zijn vrouw bij de vriendinnen waar ze zogenaamd mee ging theedrinken, meestal haar kleren niet aanhield. En zo kwam het dat een huisvriend tegen wie Olga oom moest zeggen van haar moeder, aan het strand tegen haar zei toen ze dertien jaar was: 'We hebben hetzelfde kleine teentje, kijk maar. Je bent een kind van mij.' Geschokt en onthutst bleef ze daaraan denken. Nog jaren daarna. Toen haar vader eenmaal gewend was aan de avontuurtjes van zijn vrouw en zich in het onvermijdelijke geschikt had vond hij het wel gemakkelijk zo. 'Het is een mooie vrouw,' zei hij.

'En ik ben maar een albino, ik kan slecht zien. Maar als er een spijkertje valt hoor ik waar het ligt.' Maar soms nam hij wel op een goedmoedige manier wraak. Als hij de telefoon aannam en het was weer een musicus of een toneelspeler voor haar. Als ze dan kwam aanlopen op haar roze pluizige pantoffels met haar hoofd vol papillotten, zei hij gauw in de hoorn voordat hij hem aan haar gaf: 'Here is cauliflower speaking.' En een keer sloeg hij Olga goedmoedig op haar billen en zei: 'Je mag wel oppassen, want ik lees hier net in de krant dat de curvenrijke blonde gaat verdwijnen.' Haar moeder keek haar toen jaloers aan alsof zij haar jeugd had willen roven. En ik werd er zo geil van. De curvenrijke blonde. Ik troonde haar mee naar de gang, duwde haar de wc in en naaide haar staande. Toen ze klaarkwam moest ik doortrekken omdat ze anders het hele huis bij elkaar geschreeuwd had. Maar ineens was het afgelopen met hem. Op een ochtend zei hij dat hij zich fysiek net een afdruiprek voelde. Hij ging weer in bed en is er niet meer op eigen kracht uitgekomen. Toen wij overkwamen was hij al ver heen. En zij eindigde net zo met hem als ze begonnen was, als verpleegster van een dikke patiënt. 's Avonds zette ze alle bloemen uit zijn kamer op de gang zodat het helemaal een ziekenhuis leek. En ze liep alsmaar met een vinnige pols de thermometer af te slaan, alhoewel ik me afvroeg waar ze die instak. Hij was toen al een hoop blubber en het vocht kwam door de matras heen, zodat er kwistig met de eau de cologne in huis gesprenkeld moest worden om de weeë geur van verrotting te verdrijven. Olga zat de hele dag zenuwachtig en doelloos met een klein zakdoekje te wriemelen, haar wangen opgezet, het wit van haar grote bruine ogen bloeddoorlopen. En 's avonds in bed lag ze week in mijn armen te zuchten, met slierten haar nat tegen haar gezicht gekleefd. Maar dat neukte lekker, dat willoze apathische lichaam. En ik had haar er bijna toe verleid het pessarium niet aan te doen, want het is nergens zo zinvol een kind te maken als boven een stervende. 's Nachts werd ze steeds kermend wakker en dan schudde ze aan me tot ik ook wakker werd. Dan probeerde ik haar te troosten. En dan vertelde ze schokkend van het huilen dat ze weer gedroomd had van het paard. Dat was een verhaal uit de oorlog dat een kennis van ze verteld had die gedwongen in Duitsland had moeten werken. Door de optrekkende Russen en de voor ze vluchtende Duitsers waren ze in Berlijn terechtgekomen. In een verlaten buitenwijk. Er was niets te eten achtergelaten door de bewoners. Ze zaten met z'n honderden als ratten in een val in een straat van puinhopen waar de granaten doorheen vlogen. Ineens kwam er een paard de straat inlopen. Ze hoorden zijn hoeven kletteren op de keien. Iedereen verdrong zich voor de gebroken ruiten en keek sprakeloos naar dat beest dat schichtig tussen de stenen en afval liep. Ineens ging er een deur open en een man rende naar buiten, vloog het paard om zijn hals en probeerde het mee te trekken. Maar het paard steigerde en viel om met de man er bovenop. En meteen dook er een tweede man uit een van de huizen op. En met z'n tweeën sneden ze een lap vlees uit het achterlijf van het paard, dat snerpend gilde boven het geluid van het geschut uit. En steeds rende er iemand uit een huis, liet zich op het paard vallen, en ging met een lillend bloederig stuk vlees terug. Het had wel een uur geduurd voordat het kermen ophield. Toen lagen er alleen nog maar vellen, darmen en botten, en de kop van dat paard met zijn bek vol gele tanden open in een enorme plas bloed. Toen ik haar getroost had en zelf met dat paard zat, zei ze ineens: 'Mijn moeder is een heks.' Toen sloeg ze haar hand voor haar mond alsof ze van haar eigen woorden geschrokken was. Toen ik haar er een jaar later aan herinnerde, omdat haar moeder toen tegen haar gezegd had dat ze als knappe weduwe geweerd werd door haar getrouwde vriendinnen, ontkende ze dat ooit gezegd te hebben. Na een paar dagen stierf haar vader. We mochten om de beurt nog even bij hem, ik het laatst, omdat aangetrouwd toch nooit eigen wordt. Zijn gezicht was een vormeloze gele massa en in de waterige kwabben van zijn op het kussen gezakte hangwangen zaten paarse aderen die rood uitgelopen waren in het weefsel. Hij keek me niet aan, maar toen ik naast hem ging zitten scheen hij toch te weten dat ik het was. Hij zei tenminste met een vreemde hoge stem: 'Jij neemt die rooie Olga van me mee, hè.' Ik zette me schrap want ik dacht dat er nog een sentimenteel verhaal zou komen. Dat ik goed op zijn dochter moest passen want dat ze zijn oogappel was. Maar daar was hij te fatsoenlijk voor. Hij zei, en ik dacht dat hij probeerde te glimlachen: 'Ken je die mop van die twee jongens die naar Parijs gingen.' Hij wachtte een hele poos. Toen zei hij moeizaam: 'Die gingen niet.' En hij herhaalde het nog eens, bijna niet hoorbaar meer. Toen raakte hij bewusteloos. Twee uur later stierf hij zonder tot bewustzijn te zijn gekomen. Vanaf dat moment werd het huis een hysterische heksenketel. Steeds stormde zijn vrouw zijn kamer binnen en dan hoorden we haar schreeuwen vol wroeging en schuldbesef. Ze hield hele gesprekken met hem waarbij ze hem steeds hetzelfde bleef vragen. En dan kwam ze weer jankend binnen en dan viel ze mij om mijn hals en zei dat ik nu het hoofd van het gezin was. Dat ik dat beeldhouwen maar moest opgeven omdat ik daar toch nooit droog brood mee zou verdienen en directeur van Hermes moest worden. De schrik sloeg me om het hart want ik zag mezelf al mijn hele leven die plompe Duitse legermessen als relatiegeschenk weggeven. Toen hij gecremeerd werd in Velsen, die supermarkt van de dood, heeft ze nog ruzie gemaakt met de directie omdat ze niet de Ouverture La Donna Diana van Reznitsjek wilden spelen, omdat dat niet plechtig genoeg was. Hij had wel meer van de Radetzkymars gehouden, maar dat heeft ze wel uit haar hoofd gelaten om aan te vragen, omdat ze ook wel wist dat niemand van de familie dat kon horen spelen zonder hem er in gedachte bij te horen zingen: Tieten kont, tieten kont, tieten kont, kont, kont. En zo is de kist toch nog met een fuga van Bach door dat podium naar beneden gezakt. En ik dacht dat in plaats van die kransen met bloemen en linten dat stoeltje met snot van hem op de kist ter oven had moeten dalen. Want dat was het waar hij het meest van gehouden had. Toen we een paar maanden later haar moeder opzochten, die druk bezig was alles in orde te maken om naar de wintersport te gaan, was het stoeltje verdwenen. En niemand wist waar het gebleven was.

Een bontjas in het bleu

Hoe ik haar ontmoet heb. Eigenlijk twee keer. Die rooie duivelin. Maar zo noemde ik haar pas veel later, toen ze bij me weggegaan was met die slappe lul mee, en ze bij het halen van haar spullen – een naaimachine, een stofzuiger, en nog wat zielige troep – ineens als een furie net zulke grote kologen bleek te kunnen opzetten als haar moeder. Maar dat kwam ook omdat ik haar, terwijl haar minnaar voor de deur stond te posten uit angst dat ik haar molest aan zou doen, staande voor de spiegel wilde naaien. Ze sloeg haar rok terug en stampvoette als een schooljuffrouw. En toen moesten we allebei een beetje treurig lachen. Ik, omdat iets dat zo gewoon geweest was tussen ons ineens niet meer mogelijk was. Waarom zij lachte weet ik niet. Ze had ook nog haar minnaar binnen willen halen om hem aan mij voor te stellen. Maar ik had gezegd dat als hij één stap hier op de vloer zou zetten ik met een stang zijn hersens in zou slaan. En ze wist dat ik dat gedaan zou hebben ook. Ik zag haar voor het eerst toen ik stond te liften. Ergens in de buurt van Roermond. Het ijzelde, zodat de voorruit van haar auto bijna ondoorzichtig was. Anders had ik niet eens mijn duim in de lucht gestoken. Zo'n mooie meid in zo'n grote Amerikaan. Ik studeerde beeldhouwkunst in Amsterdam. Op de Rijksakademie. Met de hoogste klassen gingen we in de wintermaanden op uitnodiging van de gemeente Valkenburg reliëfs hakken in de grotten van de Sint Pietersberg. Meer dan levensgrote religieuze voorstellingen waarvan burgemeester en wethouders verwachtten dat ze het toerisme zouden bevorderen. Ik was bezig met een opwekking van Lazarus. Maar ik had er niet veel zin meer in omdat ik de kop van Christus verpest had. Er had een versteend zee-egeltje in gezeten en om dat er gaaf uit te krijgen had ik te veel mergel weggehakt. Een paar dagen later viel het fossiel dat ik uit het hoofd van gods zoon bevrijd had als een bal bruine suiker tot pulver in de hal van het hotel. Diezelfde avond kreeg ik ruzie met de gerant omdat ik aanmerkingen had gemaakt op het eten en het plafond bevuild had. Het was inderdaad walgelijk voer geweest dat ze ons hadden voorgezet. Jachtschotel. Grote hompen vlees in bruine kledder. Of iemand met reeskak had zitten schrokken. Kunstenaars zijn inhalig en kritiekloos. Iedereen was zijn bord al aan het volplensen, maar ik schoof ineens de schaal van me af en sloeg met mijn vuist op tafel. 'Dit is walvisvlees,' schreeuwde ik. Iedereen ging ineens voorzichtig nippen alsof er graten in konden zitten. Er werd gekeurd, geproefd, geroken. De ober werd geroepen. Hij kon het niet ontkennen, maar vond de naam jachtschotel toch wel gerechtvaardigd. De walvissen waren jaren geleden door de Willem Barendsz gevangen en ingeblikt voor de consumptie. Maar je kan het volk niet alles laten vreten en zo waren ze tegen dumpprijzen in de hotels terechtgekomen omdat ze dachten dat de hongerige toeristen zich te barsten zouden slurpen aan die grootste lijken ter wereld. Niemand durfde meer een hap te eten en sommigen gingen naar de plee hun mond uitspoelen of kotsen. Er werd afgeruimd en we kregen niets anders te eten. Alleen nog roze puddinkjes voor dessert, die zo hard waren, dat ze, toen we ze uit balorigheid tegen het plafond slingerden, geen spoor op de kalk achterlieten. De volgende dag werd ik bij de directeur van het hotel geroepen, een man met een bleek pafferig gezicht en een tegen zijn slappe hals weggedoken kinnetje, die eigenlijk een hazenlip had moeten hebben. Hij zei in dat vreemde taaltje van ze, waardoor de Duitsers in mei 1940 pas merkten dat ze op vijandelijk gebied waren toen ze al tot in Brabant waren doorgedrongen, dat ik de apetiet van mijn medestudenten grondig had verpest. Dat een heerlijk gerecht, dat door voorname Duitse en Belgische bezoekers in de zomer zeer werd gewaardeerd, en dat dan op de kaart prijkte als Ragoût de Viande et de Légumes, door mijn toedoen in de kiebelton terechtgekomen was. Dat hij een klacht zou indienen bij het gemeentebestuur, zodat ik naar Amsterdam teruggestuurd zou worden. Ik zei dat dat helemaal niet nodig was want dat ik over een paar dagen, na het carnaval, uit mezelf wel weg zou gaan. En zo maakte ik dat ook nog mee. Hoe de hele bevolking van dat stadje die het hele jaar geen andere man of vrouw had durven aankijken, tegen de vlakte ging. Als je onverwachts je hotelkamer binnenkwam keek je recht in de kut van een vreemde vrouw, terwijl een halfdronken kerel naast je bed gehaast zijn pijp uit zijn gulp stond te wringen. Hoe het bier tot zaad verwerkt, onordelijk over gangen en overlopen verspreid, in de dames gespoten werd, onder het hossen en luidruchtig zingen van iets dat ik onthouden heb als: *Ja, die mokkel, ja die pol die wil ich putzen, Ja, die mokkel, ja die pol die wil ich haân, Ze maakt me hie, ze maakt me ha, Ze maakt me falderaldera.* Voordat de mannelijke bewoners van het stadje op Aswoensdag, met aangekoekte plekken rond hun gulp van de opgedroogde witte vloed, maar met hun voorhoofd vol vergeving, weer tot zichzelf gekomen waren, was ik al vertrokken. Behalve mijn eigen spullen had ik ook nog een kort bontjasje met een prachtige blauwe weerschijn, dat ik als een vod op de gang gevonden had met een kleverige plek erin als bewijs dat het kwakkie in de goeie pels terechtgekomen was, in een legerzak gepropt en meegenomen. En zo kwam ik daar in de buurt van Roermond langs de weg te staan. Het ijzelde dus en mijn adem was zichtbaar als een praatballon van een stripfiguur. Mijn schoenen vroren aan de grond vast en mijn broek was bedekt met een laagje ijs en kraakte als ik me bewoog. Maar alle ellende was gauw vergeten toen ik eenmaal mijn bagage in de kofferruimte had geslingerd en naast haar weggedoken zat in dat grote ding, dat ineens ging beslaan omdat het ijs smolt zodat de pijpen van mijn broek kil tegen mijn dijen kleefden. Soms moest ze ineens snelheid verminderen omdat er grote takken op de weg lagen die door de ijsafzetting te zwaar waren geworden en afgeknapt waren als lucifershoutjes. Dan zag ik haar benen elegant bewegen of ze de pedalen van een hammondorgel bespeelde. Het landschap werd aan beide kanten van de auto langs ons getrokken. Morsige boerenstulpen tussen slordig griendhout en okergeel riet. Strontvervelend eigenlijk, als je niet naast zo'n mooie meid zat met zo'n glimmend toetsenbord voor je waaruit Cliff Richard Living Doll zong. Got the one and only walking talking living doll. Als je er bijvoorbeeld als die boer daar op de fiets met een das om je kop doorheen moest. Als de zon een beetje bleek door de wolken kwam glommen de bomen alsof ze in gesmolten glas stonden. En soms leek het wel of je er middenin dook. Bij een scherpe bocht. Steeds keek ik even opzij naar haar gezicht. Haar mollige wangen met sproeten. Dat prachtige rooie haar, waarvan ik al gevraagd had of het echt was, en toen ze ja had gezegd, had ik maar zoiets gezegd van dat dat nou Venetiaans blond was. Ik had haar lachend aangekeken toen ik even later met Cliff Richard meezong: 'Look at her hair, it's real.' Ondertussen had ik eraan gedacht of haar okselhaar en haar schaamhaar ook zo rood zouden zijn. En ik ging een beetje verder van haar af zitten zodat ik, als ze opzij keek, tenminste haar ogen kon zien en er niet meteen door betoverd werd. Prachtige ogen. De mooiste die ik ooit van mijn leven gezien had. Bruin waren ze. Net goud. Ik moest denken aan wat een vriend van mij die biologie studeerde eens zei toen hij met een mollige pad op zijn hand stond: 'Als ik ooit eens een wijf tegenkom met zulke ogen vraag ik haar meteen ten huwelijk.' Hij had erna wel 'gedverdemme' gezegd en het wrattige beest in het terrarium teruggezet omdat het op zijn hand gepist had. Maar zoiets zou mij niet weerhouden. Of een engeltje op je tong piste. En terwijl ik zo naar dat gezicht van haar met die sproeten zat te kijken, dacht ik eraan dat ik met dat stompie sigaret zo slordig tussen mijn lippen wel weer een lekker ploertenkoppie zou hebben. En omdat ze er helemaal niet van ophoorde dat ik kunstenaar was vertelde ik wat voorvallen zo uit het Amsterdamse bohémienleven gegrepen. Niet te erg natuurlijk. Want ik wilde haar niet, trommelend op mijn borst en met de bronstige stem van het aanvallende mannetjesdier bedelven onder de drek en zwadder van het realistische kunstenaarsbestaan. Dat ik op de academie een keer een blond naaktmodel in de kleibak had gestopt en haar helemaal met die vette grijze troep had ingesmeerd. Ze had gekird en gebeten en zich wel een uur lang in allerlei wulpse houdingen bij het fonteintje af staan wrijven aan oude stofjassen. Ik vertelde er niet bij dat ze wel wraak had genomen. Lekkere wraak. Want toen iedereen weg was had ze me ineens tegen de muur gedrukt en was me daar ter plaatse gaan afrukken. En toen het zaad kwam had ze het met een slappe krachtige beweging van haar hand op de grond gekwakt en gezegd: 'Zo!' Toen was ze met haar schoudertas zwaaiend het lokaal uitgelopen. En de keer dat we in het anatomielokaal twee skeletten op elkaar hadden gelegd in paarhouding. Toen de lector binnenkwam – die Ellepijpje werd genoemd omdat hij een klein pijpje rookte en de skeletten liefderijk als meisjes behandelde – had hij net gedaan of hij zelf die krakende neukpartij daar in elkaar had gezet. Hij ging meteen zonder zelf een spier van zijn gezicht te vertrekken alle spieren behandelen die bij een dergelijke handeling het werk moeten verrichten. En de meisjes hadden met zulke koppen gezeten, en iedereen had op den duur hoofdpijn. Want hij deed er drie uur over. En toen hij die skeletten uit elkaar haalde en van de grond oppakte had hij vinnig de rook uit zijn pijpje door een borstkas geblazen en gezegd: 'Als jullie nou ook nog willen weten hoe het zit als de vrouw boven ligt moeten jullie maar zorgen dat ze volgende week weer klaarliggen.' Ze lachte met ver opgetrokken mondhoeken en schokkende buik. En toen we een vrachtwagen passeerden en ze dus allebei haar handen aan het stuur moest houden op die glibberige weg, legde ik ineens mijn hand op haar knieën die net onder haar rok uit kwamen. En dat waren niet van die bottige dingen met zo'n enge knieschijf erbuiten en ook niet van die vormeloze bleke melkbroden. Het waren prachtige imponerende brokken plastiek, om met onze kunstgeschiedenisprof te spreken, als hij weer over de Griekse beeldhouwkunst stond te melken. En per slot van rekening had ik niet voor niets jaren anatomie gehad. Ze duwde mijn hand niet terug toen we de vrachtwagen voorbij waren en ze kneep ook haar dijen niet tegen elkaar toen ik aan de binnenkant wat omhoogschoof. Daarom stelde ik haar voor om naar de kant te rijden en te gaan vrijen. Ik zag dat haar ogen mistig werden. Daarom ging ik met mijn andere hand naar haar nek en krabde haar zachtjes op de plaats waar haar haar ophield en ik pakte haar voorzichtig bij haar oorlelletje zoals een torenkraai. Ze schoot de parkeerstrook op en nog voor de auto helemaal stilstond lagen we in elkaars armen. Ze schoof onderuit met haar dijen van elkaar zodat ik haar broekje opzij kon doen en mijn vingers vrij spel hadden in dat vochtige spleetje van haar. Bij haar nek was ik in haar trui gegaan en streelde haar rug, die, als ze wat naar voren boog van genot zodat ik die schemerige vallei tussen haar schouderbladen in kon kijken, bedekt was met donkere stippen als de achterkant van de fauteuils in de Royal op de Nieuwendijk. En zij streelde met haar linkerhand – gelukkig draag ik links – eerst bijna toevallig maar toen doelbewust, dat stuk hardrubber boven in de pijp van mijn nog vochtige spijkerbroek. Ze kraste met haar nagels over de stof en ze had die wel aan rafels willen ritsen. Met haar andere hand trok ze met haar nagels voren in mijn rug. Ze had mijn hemd van achteren uit mijn broek getrokken en haar hand naar binnen geschoven. Maar hoe kreeg ik haar achter dat stuur vandaan op mijn bank. En zou ze wel vastgestoken willen worden tussen haar dijen. Voorzichtig begon ik een beetje aan haar te duwen en zonder dat ik haar iets vroeg gleed ze al vrijend soepel onder me. Haar broekje deed ik alleen maar opzij om haar niet door een ingewikkelde handeling tot zichzelf te laten komen. Want ze was helemaal week en verdoofd van geilheid. Toen ik haar vaststak zei ze in trance: 'Maak me geen kind hoor, maak me geen kind.' En dat herhaalde ze iedere keer als ze klaarkwam en aan mijn gehijg dacht te horen dat het komen ging. Maar ik hield het steeds tegen door als ik er bijna was heel nuchter naar een doos te kijken die op de achterbank stond en waarop in gemeen rode letters stond HERMES N.V. – GROOTHANDEL IN HUISHOUDELIJKE ARTIKELEN. Toen het toch kwam schoot ik naar achteren zodat ik mijn rug pijnlijk stootte tegen al die glimmende knoppentroep van de sigarenaansteker, lichtje zus, lichtje zo, radio en ruitensproeier. Ze schoof weer even soepel weg als ze gekomen was. Deed iets goed tussen haar benen en trok toen haar rok behaaglijk tot aan haar knieën. Ze vroeg alleen terwijl ze haar mond strak trok voor de achteruitkijkspiegel en een paar vegen lipstick met een natte vinger wegpoetste: 'Is er niets ingekomen, liefste?' Liefste, dacht ik, godverdomme liefste. Ze had het zo echt gezegd. Ze beschouwde me dus niet zomaar als een dekhengst die ze er even op kon zetten. Of misschien ook wel. Ook lekker. Maar toch, liefste. Ik liet haar zien wat er langs de autobank liep. En daar keek ze ook alweer zo mistig naar. En ik zei een beetje Mackie Messerachtig: 'Geen druppel, liefste.' En toen lachten we allebei. Terwijl ik de rommel met mijn zakdoek wegveegde vroeg ik haar of ze een beetje van me hield. En ze zei: 'Een beetje boel. Anders was ik nooit voor je gestopt. Ik neem nooit iemand mee. Alleen maar jou.' En ik vond haar zo lief dat ik gewoon vergat toen ik de ritssluiting van mijn spijkerbroek wilde dichttrekken dat mijn pik nog niet in mijn ondergoed zat. Ik gaf een schreeuw van pijn en kon me meteen niet meer bewegen. Het vel van mijn lul zat tussen het koperen railswerk. Eerst lachten we erom, want ik dacht dat ik het er wel tussenuit zou krijgen zoals vroeger de velletjes van mijn hals uit de rits van mijn trui. En ik zei dat ik wel de uitvinder van de ritssluiting uit dat verhaal van Tucholsky erbij zou kunnen gebruiken. Maar daar wist ze niets van. En hoe ik ook prutste, ik kreeg dat venijnige rotding niet open. Het zag eruit als echt mensenvlees dat tussen de wissel van de tram is gekomen. En door de pijn bleef mijn pik ook nog potsierlijk en stijf met zijn rooie punt omhoogstaan, terwijl het vel dat tussen het koper geklemd zat paars werd. En bij de minste beweging had ik het wel kunnen uitschreeuwen van pijn. Er zat niets anders op dan de ritssluiting voorzichtig met een tangetje uit elkaar te knijpen. Maar er was goddomme in die grote auto geen enkel klein tangetje. Ik zei tegen Olga dat ze ergens heen moest rijden, dat we het ergens moesten lenen. Ze dacht eerst naar een garage. Maar je kan daar moeilijk zeggen als ze de motorkap willen openen dat het de binnenleiding is. Ze veegde de beslagen ruiten schoon en reed voorzichtig weg, want bij de geringste schok kermde ik als een barende vrouw. Ze sloeg de eerstkomende zijweg in en stopte bij een boerenhuisje. Ik zag haar het stoepje oplopen met haar mooie kont. Aanbellen. Een dikke vrouw met een schort voor deed open. Ze praatte ertegen. Veel te lang. Wat was ze nou voor een lulverhaal aan het ophangen. Waar bleef godverdomme dat tangetje. Ik keek door het raam, misselijk van de pijn. De vrouw slofte naar achter. Toen kwam er een verschrompeld mannetje in een verschoten blauwe kiel in de deuropening staan. Het leek verdomme wel een weerhuisje. Weer te lang gepraat. Het is geen wonder dat Marx weinig vertrouwen had in het plattelandsproletariaat. Ze zijn wel goed maar langzaam van begrip. En toen hij eindelijk met een tangetje aankwam wilde hij nog meelopen ook. Met moeite kon ze hem halverwege het stoepje terugkrijgen. En toen moest ik stukje voor stukje die ritssluiting stuk knijpen terwijl er uit dat boerenstulpje over de fuchsia's of weet ik wat voor groente naar ons werd geloerd. Eindelijk kon ik die stukjes koper, die als weerhaken in mijn vlees zaten, een voor een uit mijn gekwelde lid peuteren. Een echt visserswerkje waarbij het water me om mijn tanden kwam staan. Olga zat met een angstig gezicht te kijken en meestal keek ze maar helemaal niet. Dan legde ze voorzichtig haar hand op mijn dij, en ik zei maar zoiets van dat god onmiddellijk straft. Toen het gebeurd was en ik mijn pik als een gewonde Galliër voorzichtig in mijn onderbroek vlijde, bracht Olga het tangetje terug. De deur werd opengedaan voordat ze gebeld had. En er werd niet meer naar ons geloerd. Het was ze zeker om het tangetje te doen geweest. Bang dat we ermee vandoor gingen. Voordat Olga terug was stapte ik voorzichtig met mijn zere lichaamsdeel uit en haalde het bontjasje uit de kofferruimte. Want ik vond dat ze, nu ik mezelf zo half gestroopt voelde, wel een bontjasje verdiend had. Ze zei dat het blauwvos was. Erg kostbaar bont. Toen ze vroeg hoe ik eraan kwam zei ik dat ik hem met iemand voor een zeldzaam fossiel geruild had dat ik in de grotten al hakkende in de kop van Jezus was tegengekomen. Ze vroeg er niet verder naar, draaide de auto en reed terug naar de weg. We zwegen een beetje, want wat moest ze zeggen. Toch moeilijk dat ze zo'n medelijden had met mijn pik. Of, hoe gaat het nou met je lul. We kenden elkaar amper een paar uur. Maar ineens begonnen we te lachen. Tegelijk. Steeds harder. En ik sloeg me zo hard op mijn dijen dat ik van pijn voorover bleef zitten. En ik geloof dat door dat lachen het ongeluk gebeurd is. Want ze zat ineens op de linkerweghelft terwijl er een tegenligger aankwam. Ze moest zo'n ruk aan het stuur geven om hem te ontwijken dat ze ging slippen. Ze gaf een kreet alsof ze ineens ging zweven. De auto draaide om zijn as. Ik zag de bomen langs de weg zwaaien alsof ze los stonden. Toen schoot hij de weg over en sloeg met de voorkant tegen een boom. Ik vloog naar voren. Het was of ik met een ontstellende vaart een ijstunnel ingeschoten werd. Een slagwerk van harde tikken. Mijn mond zat vol scherpe harde stukjes. Ik spuugde ze uit. Mijn tanden, sloeg het door me heen. Mijn gezicht was lauw. Toen ik erover streek was mijn hand rood en kleverig. Ik durfde niet op mijn hoofd te voelen want ik dacht dat ik dan zo in mijn hersens zou graaien. Toen keek ik opzij naar Olga. Ik schrok me rot. Ze zag eruit of ze dood was. Ze lag voorover met het stuur in haar ribben en haar tong uit haar mond. Haar ogen waren gewoon open. Ik had het gevoel of ik zo een uur naar haar had liggen kijken voordat ik het portier openduwde. Toen trok ik haar naar buiten. Het bontjasje zat gescheurd om haar lichaam. Zo strak dat ik bang was dat ze geen adem meer zou kunnen halen. Ik trok het uit en gooide het weg. Daarna tilde ik haar in mijn armen op en strompelde naar de weg. Het bloed druppelde van mijn hoofd op haar gezicht en liep langs haar hals tussen haar kleren. Zo stond ik daar met haar. En ik jankte omdat ik dacht dat ze dood was. Er reden ons drie auto's voorbij. Ik kon geen gebaar maken. Ik hield haar omhoog en ik schreeuwde. Van twee keek de chauffeur mij recht in mijn bloedende smoel. Maar ze reden straal voorbij. Die rommel niet in mijn auto. En toen kwam er een oud Engels autootje aan. Een Morris uit de oorlog. Die stopte. Er kwam een tengere Engelsman uit die met zijn armen voor zich uitgestrekt naar mij toe kwam hollen, terwijl hij heel rustig zei: 'Can I help you, sir?' Toen ik Olga aan hem overgaf zakte hij door zijn knieën en samen vielen ze voor mijn voeten op de grond. Zij met haar bebloede hoofd tegen zijn lichte regenjas geknakt. Hoe hij ons toch nog achter in dat kleine autootje van hem heeft gekregen naar het ziekenhuis is me nooit duidelijk geworden. Ik dacht dat Olga uit zichzelf opgestaan was, maar dat wist zij later ook niet meer. En ook niet meer dat zij geroepen had: 'Die auto, o, die mooie nieuwe auto.' Wel weet ik dat toen ik met mijn arm om dat trillende lichaam van haar zat op dat achterbankje van groen leer, ik met mijn tong langs de achterkant van mijn tanden voelde. En toen keek ik naar buiten naar haar auto. Dat wrak dat ineens onze auto was geworden. De voorruit was wit als sneeuw en op de plek waar ik met mijn hoofd tegenaan geslagen was, zat een bolling met een klein gaatje in het midden. En ik begreep dat ik de stukjes glas daaruit in mijn mond gekregen had. En op en rond het wrak lag het bezaaid met staafjes ijs die door de klap uit de boom gevallen waren. En tussen die glinsterende rommel lag dat vod van een bontjasje als een doodgereden dier.

Someday Sweetheart

We hadden de Wondere Spelingen Der Natuur gezien. Het scheenbeen vergroeid in een boom. Kalf met hazenlip. Het Mongoolse kalf met 'Hondenkop' geboren bij boer Herms te Winschoten op 3 april 1952. Concentratiekampzwepen. Dik van teerachtig bloed. De Dubbele Kalfskop. Bleke troep in troebel vocht. Het konden net zo goed glazen stolpen met half vergane rolpens zijn die bij een failliete dorpsslager op de kop waren getikt. Maar dan ontdekte je er ineens een bleek oog in. Als een knoopsgat in vuil ondergoed. Aartsvijand No. 1 HET KANKER. Dat Moet U Zien! We hadden het gezien, en ze had aan één stuk door lopen griezelen. Misschien omdat ze aan haar moeder gedacht had. Maar dat wist ik toen nog niet. Van die geamputeerde voorgevel. Ik zag Olga voor de tweede keer op het terras van de poffertjeskraam in de schaduw van de bomen van de Nieuwmarkt. Nog geen twee maanden na het ongeluk. Daarom bleven we zeker uit de buurt van de botsautootjes zonder dat we er een woord over spraken of er een grap over maakten. Wel reden we in een wrak vehikel De Griezeltent binnen. Zij zat nu rechts van mij en het was net of we in een droom dat auto-ongeluk nog eens over gingen doen. Stil zat ze naast me, tegen me aan, en ze gilde niet bij de in ons gezicht sliertende draden, toen er een kalkachtige spin met een lijf zo groot als een kokosnoot in een web van kabeltouw ineens vlak voor ons blauwachtig oplichtte, en toen er plotseling een lichtje in een skelet ging branden. Alleen het stuk straat dat dan even verlicht werd in die stikdonkere ruimte was angstaanjagend, en de lichte naden waaraan je kon zien dat het bouwwerk uit losse schotten opgezet was, die misschien wel naar elkaar toe konden schuiven om je een huiveringwekkende put met dood en verderf in te jagen als in het verhaal van Poe. Maar toen we die duisternis uitreden, door klapdeurtjes die aan het eind van een stel enorme ribben zaten die als bogen over ons heen stonden, gaf ze een gil. Keihard en snerpend. En ze drukte haar gezicht tegen mijn trui. Ik hielp haar uit het voertuig en knipperend tegen het felle licht liepen we, zij een beetje verlegen, tussen het zuurstoklikkende, suikerspinbijtende, met grote pluchen beren slepende en buksschietende publiek, onder het geschetter van de muziek en het gegier en gedender van de draaimolens, van het kermisterrein af. Toen ik haar daar zag zitten op dat terras voelde ik het glas van die voorruit weer in mijn bek zitten. Zo blij was ik dat ik dat rooie mistige beest weer zag. En zij dat ze mij zag, want ze veegde het haar van mijn voorhoofd om naar de littekentjes te kijken. Ik had nog meer littekens maar daar vroeg ze niet naar. Ik had trouwens moeilijk mijn lul uit mijn broek kunnen halen om haar te laten zien hoe die paarse moeten er na acht weken nog niet uit waren. Of iemand met een wreed vierkant gebit er overlangs zijn tanden in had gezet. Ik was twee maanden niet naar de academie geweest. De eerste weken niet omdat ik zo'n spierpijn had van het ongeluk dat ik alleen heel voorzichtig met een wandelstok rond kon lopen en met een zonnebril op omdat mijn ogen pijn deden en ik alles dubbel zag. En toch hadden ze in het ziekenhuis in Eindhoven waar ze röntgenfoto's hadden genomen en zo hard op mijn kop gedrukt dat ik dacht dat ze mijn nek wilden breken, gezegd dat ik geen hersenschudding had. En daarna was ik een paar keer in de week naar Alkmaar geweest in de hoop dat ik haar zou ontmoeten. Ik had er uren in het portiek schuin tegenover hun zaak gestaan. Op het ronde blauwe geëmailleerde bord waar een gouden Hermes compleet met helm, staf en vleugeltjes aan zijn enkels op stond had ik wel willen schrijven: IK HOUD VAN JE! IK WACHT OP JE, KOM NAAR ME TOE. IK VERGEET JE NOOIT MEER! Boven de zaak waar ze woonden zag ik nooit iets bewegen achter de ramen. En als ik opbelde zei de vinnige stem van een kantoorjuffrouw. 'Met Hermes N.V.' Ik legde dan gauw de hoorn neer zonder iets te zeggen. Want als ik te lang wachtte zei diezelfde stem kil: 'U hoeft niet meer te bellen, dat weet u toch. U krijgt toch geen contact met juffrouw Olga.' Als ik het toen geweten had van die messen uit de oorlog, had ik, om maar langer met dat huis waar ze woonde in contact te blijven, me voorgedaan als voorzitter van een kampeervereniging die op zoek was naar stevig bestek: 'De messen mogen gerust uit de oorlog zijn. Er is geen enkel bezwaar als in het metaal bijvoorbeeld gedrukt staat GOTT MIT UNS of HEIL HITLER of WIR HABEN ES NICHT GEWUSST.' Maar ja, zover was ik toen nog niet in de geheimen van het zakenleven ingewijd. De eerste keer dat ik belde en naar Olga vroeg, werd ik doorverbonden en kreeg haar moeder. Die was niet van plan Olga voor me aan de telefoon te roepen. En dat we samen maar net aan de dood ontsnapt waren zei haar ook niets. Het was al erg genoeg van die splinternieuwe auto. En ze zei, dat mocht ik Olga lastig vallen ze maatregelen zou nemen die ik nu niet bepaald prettig zou vinden. Poeslief natuurlijk, maar mijn man en ik stellen er geen prijs op dat onze dochter zulke relaties aanknoopt. Wat bedoelde ze? Dat ik aankomend artiest was en dus geacht werd geen droog brood te verdienen? Of bedoelde ze daarmee, een sujet dat in de auto bij mijn dochter zit met zijn gulp open. Want dat hadden ze ongetwijfeld van de politie gehoord. Die hadden er helemaal niets van geloofd dat ze een klapband gekregen had en toen de macht over het stuur was kwijtgeraakt. Ze begonnen zo langzaam aan van dat we jong waren en dat ze het wel konden begrijpen als je met je armen om elkaar zat of een beetje zat te vrijen. En ze eindigden met te insinueren dat een van ons beiden of misschien wel allebei met onze handen op verkeerde plaatsen hadden gezeten. Een politiehond had zeker, in het wrak dat op het binnenpleintje van het politiebureau in een takelwagen hing, een druppel onvervalst geil opgespoord. En steeds keken ze wantrouwend naar die openstaande gulp van mij die als een wit driehoekje onder mijn jak uitkwam. Maar ze hadden ook wel op het idee kunnen komen dat die door het ongeluk gescheurd was, want de pijpen van mijn spijkerbroek zaten ook vol kleine scheurtjes als de bast van een boom in de groei. ‘Dus een klapband?! Daar bent u allebei dus zeker van.’ Het onhandig geschreven proces-verbaal, hakkelend voorgelezen. Door mij, dienstdoende zus en zo, opgemaakt enzovoort. Maar hoe dan ook, nu had ik haar toch weer gevonden. En onderweg naar mijn atelier vertelde ze dat haar ouders op vakantie waren naar Oostenrijk. Voor drie weken. Ik dacht, dan kan je drie weken bij me komen maar ik durfde het niet voor te stellen uit angst dat ze zou weigeren. Ze zei het zelf. Toen ze bij me achterop de fiets zat met haar armen om mijn middel. En ik vond het zo'n schat die daar achter mijn gebogen rug op de bagagedrager zat met haar mooie vlezige kont dat ik er voorzichtig door fietste. Zodat die hele toestand van haar niet zat te hotsen. En ik nam me voor om me niet meteen als een beest te gedragen zoals in die auto van haar. Want daar kwam toch alleen maar ongeluk en ellende van. En zo ging het ook. We zaten uren op de grond in mijn atelier te praten tot het ongemerkt donker werd. En we draaiden steeds maar de enige twee platen die ik had. Het tweede jazzconcert van Benny Goodman: 'Hello, this is Benny Goodman and it seems to me that I have heard that thing before. You may have heard it too as well as the other numbers...' Dat hadden we op den duur zeker. Wel tien maal Someday sweetheart, Stardust, My gal Sal, Josephine, Everybody loves my baby, You turned the tables on me. En daar tussendoor vertelde ze van alles. Eerst over haar vader, want van hem hield ze het meest. Over zijn snotmanie. Het bulletjespark onder aan de stoel. Dat hij heel hard had moeten lachen met zijn dikke lijf toen ze zo stijf van het ongeluk thuiskwam en niet kon zitten van de pijn, en dat hij helemaal niet kwaad was om de auto. Dat hij tegen het gejeremieer van haar moeder in steeds had gezegd: 'Ach mens, wat zal je je druk maken om zo'n stukkie blik.' Dat hij bij regen of storm naar het raam liep en gemoedelijk zei: 'Het weer is slecht, net als de mensen.' Op een keer had ze met een vriendin afgesproken om het in koor met hem mee te roepen, precies gelijk, want je kon er gewoon op aftellen. En ze riepen het precies gelijk, zij en haar vriendin. Maar hij zweeg en stond te schudden van het lachen. Want sommige dingen had hij door met een varkensachtige slimheid. Dat hij altijd in huis zo ouderwets liep te hoesten. Ze hoorde het tot op haar kamer waar ze Onder Moeders Vleugels of Stijfkopje lag te lezen. En dat hij, als ze met haar duim in haar mond zat vroeger, die er voorzichtig uittrok als een kurk uit een fles terwijl hij zei: 'Je vingertjes zijn toch geen lollies, lieve pop.' Dat haar moeder een keer gezegd had toen ze als meisje van tien de badkamer inkwam en dat aangeharkte vlees zag waar die borst was weggenomen: 'Dat komt door het zuigen dat jij eraan gedaan hebt.' En toen had ze heel lang gedacht dat je borsten weggingen als je een kindje kreeg, dat ze er door het baby'tje afgegeten werden. Over de lagere school. De hardhandige eerste vriendjes. De knevelaars: 'Ik zal je even knevelen!' De armen gekruist voor de borst drukken, met een hand vasthouden en met de andere even voelen. Dat ze een keer samen met een vriendin een vriendje had vastgebonden met een blauwgeblokte gemeentehanddoek. Het vriendinnetje had toen tegen hem gezegd: 'Winnetou is vrij als hij een worm opeet.' En hij moest het nazeggen. 'Winnetou is vrij als hij een worm opeet,' zei hij gedwee en genotzuchtig met nadenkende ogen of hij zat te kakken. Ze hadden op het schoolplein een worm onder een steen vandaan gehaald en op zijn tong gelegd die hij uitstak of er ouwel op kwam. En met opgetrokken lippen zodat ze het goed konden zien had hij de worm aan stukken gebeten en doorgeslikt. Toen zei hij: 'Nu ben ik vrij.' Ze hadden hem losgemaakt en toen had hij een slokje water gedronken aan de kraan. Ze keek me ernstig aan en zei: 'Als je een worm opeet ben je vrij. Dat geloof ik echt. Maar ik zou het nooit kunnen.' Ik pakte haar bij haar handen vast en liet haar opstaan en ging met haar dansen. I hadn't anyone till you, I never gave my love till you, And through my lonely heart... En ik stak een paar kaarsen aan, want het was in de tijd van kunstenaarsfeesten met wrange landwijn bij kaarslicht. De kaarsen op de lege flessen. En ik moest denken aan wat ik iemand eens had horen zeggen op een feest: 'Van die mollige ronde vrouwen die draaien lekker door.' Onder het dansen trok ik haar rok omhoog en deed haar broek tot onder haar billen naar beneden. Toen ze met haar rug naar de spiegel draaide bleef ik een hele poos dansen op de plaats. En ik zag die magnifieke billen heen en weer draaien. Schaamteloos in het kaarslicht. En ik voelde me zo verdomde rijk. Maar toen keek ze ineens achterom en zei half verontwaardigd en verwonderd: 'Je staat naar me te kijken.' Ze wou zich losmaken om haar broek omhoog te doen en haar rok omlaag. Maar toen ik me snel omdraaide zodat ze kon zien hoe ik bewoog tegen dat naakte stuk van haar, liet ze het toch maar zo. Ik voelde de warmte van haar lichaam door mijn broek heen en ik knielde bij haar neer en zoende haar buik, haar dijen en toen had ik ineens die sappige kut van haar tussen mijn lippen. En dat was niet zo'n ding met zo'n ongeordende bos haar eromheen zodat het is of je een man met een baard aan het zoenen bent en ook niet zo'n apparaat met van die grote schaamlippen naar buiten, van die bruinige flappers, als de klapdeurtjes in een saloon, die klaar hangen om je voor je ballen te slaan. Nee, al had ik haar bokkenpruikje dan vluchtig bekeken, ik had het wel goed gezien. Hoe haar buik, met zo hier en daar nog een naar beneden gezakte sproet als een bruine boon tussen de glanzende tarwe uit het Hooglied, van onderen na een lichte insnoering weer naar voren bolde, bijna als een kleine gespannen meisjesborst. Een rijpe roze roodharige vrucht met een kerf erin die openstond van het melkachtige vocht. Ik deed mijn handen om haar billen en drukte haar tegen me aan. En stak mijn tong die vochtige kerf binnen. Ze kreunde en steunde en haar hoge hakken tikten op de grond van de trillende spanning en ze schokte ineens iets naar voren en drukte, met allebei haar handen tegen mijn kruin, mijn gezicht in die zachte vleesweelde. Toen draaide ze met haar kut om mijn tong. Daarna duwde ze mij van zich af, maar mijn kin bleef achter het elastiek van haar onderbroekje zitten dat gespannen tussen haar dijen stond, zodat ik haar nog een lekker nalikje kon geven. Ik moest denken aan wat ik in een Franse vertaling van de *Kama Sutra* had gelezen: *Excitées directement par la succion, l'aspiration et le lèchement de tous leurs organes, les femmes, parvenues au paroxysme, lancent dans la bouche de l'homme, par leur conduit afférent, le mucus glaireux sécrété par les glandes vulvo-vaginales.* Ik had altijd gedacht dat dat overdreven was en dat Hendrik de Vierde – een koninkrijk voor een kut – die er zo gek op was geweest dat hij er wel pap van lustte, slachtoffer was geweest van zijn verhitte fantasie. Hij vond het lekkerder dan oesters. Nu houd ik niet van oesters, maar nu ik er zelf mee op mijn tong zat, moest ik, terwijl ik naar Olga keek die nog wat draaiend met halfgesloten ogen aan het nagenieten was, proevend toch toegeven dat het smakelijk was. Olga drukte ineens haar handen tegen haar kuthaar en zei dat ze zo nodig moest. Ik zei dat ze best in mijn mond mocht piesen. Ze zei dat ik een viezerd was en rende naar de plaats die ik haar gewezen had, het fonteintje in de andere hoek van mijn atelier. En toen ze een beetje schaamachtig maar toch lekker met haar gat achteruit zat te pissen, half verscholen achter een grote ficus, was ik blij dat ze niet op mijn voorstel was ingegaan. Want het kletterde daar zó of er een geit op een zinken plaat stond te zeiken. En ik was zo geil op haar dat ik voor ze was uitgepist naar haar toe rende, mijn hand van boven tussen haar dijen wrong en die in die heerlijke warme urine hield. Toen wreef ik er mijn gezicht mee in. Ze trok een vies gezicht maar ik zei dat niets zo verrukkelijk ruikt als de pis van een gezonde jonge vrouw. (Mits ze geen bierdrinkster is.) En het is nog geneeskrachtig ook. Vooral tegen brandnetels. Daarna pakte ik haar met haar natte kut op en droeg haar naar mijn bed terwijl ik haar over haar hele gezicht zoende en likte. Tot in haar oren en neusgaten. Bitter en zout. Toen ik haar uitgekleed had, wat ze gewillig en zich loom uitrekkend liet doen, zette ik alle flessen met kaarsen op bankjes en kisten rond het bed. Toen ging ik op een stoel rustig naar haar zitten kijken. Hoe haar borsten niet wegzakten als te zachte puddingen maar stevig rechtop bleven staan met de tepel naar het plafond. En die tepels dat waren niet van die bruine knikkers die je er met je duim en wijsvinger lijkt af te kunnen schieten, maar dat waren echt de roze uiteinden van die magnifiek gewelfde voorgevels. Ze waren bespikkeld met honderden kleine sproetjes alsof ze met bruine suiker bestrooid waren. En haar huid was zo blank tussen al die bruine vlekjes dat het was of ze zich altijd met karnemelkzeep waste. Met dat ronde lieve hoofd van haar en die kastanjerooie haren golvend op het kussen en met die grote donkere ogen lag ze zo rustig om zich heen te kijken. Het atelier rond. Naar de planten, de naaktstudies, naar het bed met de kaarsen eromheen in de spiegel. Ik ging even naar de wc en toen ik terugkwam was ze in slaap gevallen met haar ene handje bij haar rode schaamhaar en haar andere tegen haar wang. Ik ging weer op de stoel zitten en bleef zo naar haar kijken. En ineens zag ik dat haar lippen kleverig open waren gegaan en dat haar duim naar binnen stak en dat ze langzaam lag te zuigen. Hoe lang ik zo gezeten heb, gefascineerd door dat lieve schepsel, weet ik niet. Een voor een zag ik de kaarsen doven. Soms met gesis als het laatste restje kaarsvet met de brandende pit door de hals van de fles zakte en in het laagje droesem viel. En ik hoorde de vogels als waanzinnigen gaan zingen en de duiven koeren en brommen lang voordat het licht was. En toen het licht werd, werd ze wakker van de ochtendkou. Ik kroop bij haar, deed het laken luchtig over ons heen, en toen begon voor ons de nacht.

De wraakappel

Toen die Amerikaanse trutten met hun parkieten, kunstboeken (het zeikertje Dürer met zijn gefriseerde haren) en fladderende vriendjes – ik moet er ineens aan denken dat ze onderbroeken hadden van een soort elastiek weefsel dat de hele boel bij elkaar kneep – de laan uit waren, begon het lieve leven weer van voren af aan. Of lieve leven, het was nu anders. Door eenzaamheid en lijden gelouterd zou je kunnen zeggen. En door verlangen naar die rooie. Ik liep in ieder geval niet meer zo agressief met mijn pik rond als een harpoen om die in de eerste de beste speklaag te stoten die boven de golven van het avondlijke stadsleven opdook. Nee, ik zocht wat je noemt innerlijk contact. Ik nam meisjes mee waaraan je kon zien dat ze in moeilijkheden zaten. Meisjes waarmee je urenlang kon praten, voordat de zuurstok tevoorschijn werd gehaald. Over dood, ellende, ziekte, inside nipples – waar toch niets aan te doen was, want je kon nog zo hartstochtelijk eraan zuigen tot ze als vurige knoppen naar buiten braken, je spuug was nog maar lauw koud of flop, daar zakten ze weer weg in het poreuze weefsel van die melkzwabbers – over thuis, de ouders, de jongere zusjes, de oudere broer, incest, kontjeneuken en jeugdpuistjes. Maar dat pakte wel vaak verkeerd uit, want ze zeggen wel, met kinderen naar bed te gaan, is om bescheten op te staan. Nou, dat geldt ook voor kreukelaartjes. Elly bijvoorbeeld, die ik als een mol uit een telefooncel peuterde, en waarbij ik ook te laat merkte dat ze uit het gesticht was weggelopen. Ik dacht dat ze alleen maar dik en bol was en een pathologische leugenaarster, een fantaste, toen ze 's avonds in bed vertelde dat ze het zeiltje uit een kinderstoel gesneden had omdat haar kleine zusje erop had gescheten en dat ze alle oogjes van de mensen op de schilderijen thuis had doorgeprikt. Maar toen ik 's ochtends wakker werd zat ze rechtop naast me in bed met van die vreemd starende ogen en haar armen vuurrood en rauw. Toen ik haar vroeg wat ze in jezusnaam gedaan had, zei ze: 'Ach, ik had trek in een velletje.' En ze had me nog mooi nat gezeken ook. Evelien, een gereformeerd zwart langharig bibbermager stumpertje met borstjes zo slap als de kerkenzak en zo'n eng ansjoviskutje. De hele nacht probeerde ik haar te doen vergeten, zwetend en beukend, dat de doleantie in 1886 plaatshad. En toen zei ze me godverdomme toch nog de volgende morgen met een samengeknepen mondje: 'Ik heb god gemist tussen ons.' Waar een triootje soms al niet goed voor kan zijn. En je moest dan vooral geen grapjes maken en zeggen dat je beter neukte dan god, of haar kwaad maken door te zeggen dat als god almachtig was waarom hij dan nooit het eerste kievitsei vond. Dan had je de poppen aan het dansen. Dan praatte ze met citaten uit de artikelen des geloofs je ochtendlijke-volle-blaaserectie tegen de vlakte. Katholieke Truus, vet van het vis vreten op vrijdag en bij het tongzoenen speekselrijk als een wijwaterbak. Toen ik haar, na alle ellende aangehoord te hebben, wilde gaan naaien bleek ze ongesteld te zijn. Ze had wel gezegd toen ze naar het toilet ging dat ze de ziekte van erge pijn had, maar wist ik veel. Ik dacht de schijterij. En ik merkte het te laat bij het vrijen omdat ze Onmerkbare Bescherming gebruikte zodat mijn pik ineens in de droogte vastliep. Toen ik hem er van boven in wilde steken, zei ze: 'Daar is je mond niet voor.' Dan kon je ook niet aankomen met dat je even de heilige hostie wilde toedienen. Want dan was ze in staat om een knoop in je lul te leggen. Toch was dat altijd nog beter dan wanneer ze je gingen aanspreken met Oude Otter, Kwepie of Harige Puddel of iets dergelijks, wat ze hun vijfentwintig jaar in mufheid en sleur getrouwde ouders tegen elkaar hoorden memmelen. Of als ze de Vurige Middellandse Zee Boy Hysterie hadden, zoals gemene waterstofperoxideblonde Bertie, die zei toen ik even van haar af dook naar de plee en ze me gulzig nakeek: 'Je loopt net als een Italiaanse visser.' Dan moest je helemaal uitkijken. O, mamma mia. Binnen een paar dagen kreeg ik een brief van haar toeziend voogd die ze als koppelaar had weten op te porren: 'Wegens het contact dat u hebt met Bertie, wier toeziend voogd ik ben, zou ik een bezoek van u op prijs stellen.' Net of je de Camera Obscura indook. En dan zag je haar zeven maanden later door de Kalverstraat zeulen achter een kinderwagen met een grootbruinogig donkerharig kindje erin dat kennelijk door een Italiaanse visser met schubben en bloed van tonijnen in zijn schaamhaar ergens in het schemer op het strand tussen Genua en Napels gemaakt was, terwijl het zand tussen haar vochtige billen schuurde en over het water gedruis van stemmen en aria's klonk alsof de zee het schellinkje was van de opera in de pauze. Het Surinaamse halfbloedje dat figurante was bij een balletgroep uit Afrika en er erg onder gebukt ging dat ze door die gitzwarte springers niet voor vol werd aangezien: 'Jij bent helemaal niets. Koffie en melk. Du café et du lait.' Die bij alles wat ik beweerde zei: 'Ga nou gauw poepen, ga nou gauw naar 't toilet.' Die rare lieve snoetjes tegen me trok met haar beweeglijke neusje en me Kees Konijn noemde, en die me omhelsde als ik enge smoelen terug trok en dan zei: 'Monstertje, kom maar, dan zal ik je een kusje geven.' Bleke Willie die te diep in het koffiedik gekeken had en met een kinderwagen vol lief en vredig negerkindje dat tussen de boodschappen onder een wit gebloemd parasolletje lag, bij me op het atelier kwam. En die precies berekende met de kassabon erbij hoeveel ik haar schuldig was toen mijn kat een keer terwijl wij lagen te vrijen een gehakt biefstukje vakkundig uitgepakt had en dat tussen de trappelende beentjes van haar donkere baby had opgegeten. Annie, die zei dat ze alle mannen haatte en dat dat kwam omdat haar vader haar vroeger als hij ongeschoren was soms optilde en zei dat hij haar een bros beschuitje zou geven en dan met zijn ruwe wang langs de hare raspte. En dan in lachen uitbarstte als ze met tranen in haar ogen wegvluchtte. Ze wilde niet met me neuken, draaide schonkig haar kont naar me toe en zei dat godverdomme voor haar Pruisisch-blauw was. (Ze was op een schildercursus geweest.) Toen ik haar midden in de nacht toch nam na een slaapdronken strengelbenengevecht, kon ze niet klaarkomen. Hoe lief ik ook voor haar was en hoe ik me ook uitsloofde, het bleef net of ik een lekke band probeerde op te pompen. Het meisje met de boxer dat zo wanhopig verliefd op me werd dat ze zich alleen maar aan me wilde geven in de huwelijksnacht. En toen dat niet doorging liep ze iedere dag smachtend langs met afgewend gezicht. Alleen als haar hond zijn poot optilde tegen de boom voor mijn huis keek ze even vluchtig naar mijn ramen. Maar als hij met trillende achterpoten een drol eruit drukte alsof hij wortel schoot trok ze hem ongeduldig mee. Dan zag ik de schaamte naar haar nek kruipen alsof ze persoonlijk voor mij daar gehurkt zat te kakken. Op mijn verjaardag had ze voor de deur van mijn atelier een grote zoetwatermossel neergelegd waarvan ze de parelmoeren binnenkant gevoerd had met mos waarop rode besjes en imitatieparelties en wat kleine frutseltjes lagen. Ernaast lag een kaart met een reproductie van Picasso erop van een meisje met een plat gezicht zoals zijzelf had en met grote weemoedige ogen. Die had ze helaas niet. Op de achterkant had ze geschreven: *Hoe eenzaam moet je zijn en dat je het niet meer voelt. Hoe stil moet je zijn en dat verlangen niets meer zegt.* Maar ineens kreeg ik er weer genoeg van. Ik hield er mee op. Ik had er geen zin meer in. Ik begon al te kotsen als ik een rok zag. Eerst dacht ik dat ik impotent geworden was van een meid met zoveel haar op haar borsten dat het was of je met je kop tussen de kokosnoten lag. Maar dat was het niet. Ik kon het gewoon niet vinden. Haar niet. Olga. Bij al die mokkels uit alle windstreken door het toeval bij elkaar geveegd in mijn bed vond ik maar een klein stukje van wat ik zo heftig begeerde, waar ik als een gek naar verlangde. De een had haar ogen (bijna natuurlijk, anders was dat al voldoende geweest) de ander haar billen, haar stem, haar navel, haar heupen, zat onder de sproeten als het asfalt van Fifth Avenue in New York na een ticker tape parade zoals mijn rooie schat. Maar zelfs als ik een harem had aangelegd van al die beetjes en stukjes Olga, had ik niet uit die legpuzzel haar hele gestalte in elkaar kunnen passen. En toen kwam het ergste. Ik ging erover lullen. Over haar en over de ellende. Hoe ze eruitzag. Haar haar, haar ogen, als ik wat vertrouwelijker werd, over haar kut, haar billen, haar tieten. Hoe ze was. Dat ze een keer gezegd had toen ze de ramen stond te zemen: 'Heb jij wel eens opgemerkt dat vensterbanken een speciale lucht hebben.' Toen ik vroeg waarnaar, zei ze: 'Van nat raam.' Dat ik haar toen ze pas bij me was gevraagd had of ze meeging naar De Kersentuin. En ze had gulzig en inhalig gezegd: 'Ja, waar is dat!' Toen ik haar zei dat het een toneelstuk was van Tsjechow, had ze zich een beetje geschaamd en gezegd dat ze dat wel wist, dat ze alleen wilde weten in welke schouwburg het werd gespeeld. En ik wist zeker dat ze gedacht had dat het een boomgaard was waar je voor een paar gulden net zoveel kersen mocht eten als je wilde. Dat ik een paar dagen daarna een grote zak meikersen voor haar had meegebracht en dat ze gebloosd had, maar dat ze toen ze ze zat op te snoepen gezegd had: 'Dat lijkt me het ergste als je dood bent. Dat je nooit geen meikersen meer kan eten.' Dat ze op een morgen, toen we lang in bed lagen en er onder ons raam een schelle oude vrouwenstem 'Hoeh – hoeh – hoeh Frits!' had geroepen, had gezegd: 'Wat verschrikkelijk als je Frits bent.' En van die hommel dat vertelde ik ook vaak. 'Het zou lekker zijn om een hommel te zijn. Met je dikke lijf in zo'n gestreepte wollen trui, aan zo'n paar gazen vleugeltjes.' Als ik dat vertelde stonden mijn ogen bol van tranen (ze had zo'n gestreepte wollen trui gehad, maar die had ik verbrand toen ze wegging) en dan moest ik oppassen om niet te knipperen want dan liepen ze naar beneden. Maar voordat het zover was waren meestal de tanige armpjes al om mijn schouders van een begrijpend half uitgebloeid muurbloempje. Want die hebben een instinct voor het peilen van de vochtigheidsgraad van je ogen. En dan duiken ze op je af als een vlinder op een bloemkelk vol nectar. Als ik nu kon schrijven: Wij zien de held van deze geschiedenis in dit stadium van zijn mentale crisis, door inkeer en eenzaamheid tot radeloosheid gebracht, zwaar slagzij maken tegen een troostende vrouwenboezem. Kon ik er maar zo ironisch over schrijven. Over mezelf als een held. Dan was ik geen slachtoffer meer van deze geschiedenis en had ik de touwtjes strak in handen. Maar ik zie godverdomme geen held. Ik zie mezelf in al mijn zieligheid. Met krokodillentranen en al. Ik zie mezelf op een feest in een hoek staan tegen een oudere vrouw aangedrukt. En niet zo, dat je denkt, daar wordt gewreven. Duidelijk een verloren-zoon-geval. Ze heeft haar armen troostend om me heen geslagen terwijl achter ons tussen peuken en gebroken glazen en gemorste drank de beestentroep wild voortgolft van Rock Around The Clock en Yes Tonight Josephine. En verdomme, ik moet bekennen, ik sta nu echt te grienen. Je kan het aan mijn schouders zien. Dat ik het probeer tegen te houden. Te janken bij een wildvreemde vrouw! En nog een engerd ook. Anders was ze wel aan het rocken of op blote voeten aan het verloederd volksdansen. Met grote voortanden die in haar onderlip drukken als ze praat. En zo werd ik bekend op feesten. De stille jongen met de onherroepelijke marmerwitte vroeg geknakte wangen. Net Piet Paaltjens in schuimplastic. En soms hoorde ik iemand vlakbij in een gesprek zeggen: 'Het was toch die rooie, hè.' Of: 'Het komt bijna niet meer voor tegenwoordig. Ze zijn blij als ze opgelazerd zijn.' En de grovere naturen: 'Dat hij zich dat zo aantrekt. Ze zijn toch allemaal hetzelfde als je erop zit. Kut is kut, zei de boer, en hij naaide zijn eigen varken.' Maar die troostende moederlijke vrouwen leerden me wel wat. Want soms hadden ze dochters van dezelfde leeftijd als Olga. En een heerszuchtig kavalje zei me eens, toen ik het over mijn gewezen schoonmoeder had – die met die ene tiet – en me bij haar afvroeg hoe een moeder zo welbewust haar dochter in de ellende kon storten: 'Iedere moeder is voor haar dochters een stiefmoeder.' Toen schokte het ineens door me heen dat Olga in het begin tegen me gezegd had dat de aanhef van Sneeuwwitje als kind zo'n verschrikkelijke indruk op haar had gemaakt. Dat haar moeder dat sprookje nooit voor had willen lezen omdat ze het te gruwelijk vond, maar haar vader wel. De koningin die naar het sneeuwen keek door een raam dat in een kozijn van zwart ebbenhout was gevat. Dat ze zich in haar vinger prikte met een naald en terwijl ze naar het bloed keek zei: 'Had ik een kindje zo wit als sneeuw, zo rood als bloed en zo zwart als dit ebbenhout.' Zwart, wit en rood. Die kleuren waren haar bijgebleven als de verschrikking van het sprookje. En ik besefte ineens dat haar moeder het niet voor had willen lezen, zonder dat ze het zelf bewust wist, omdat het sprookje haar de spiegel voorhield, niet alleen van wie de mooiste in het land was, maar ook van de vergiftigde appel, die ze al klaar had liggen voor haar stiefdochter. En ik zie dat stinkend gemene wijf verkleed als oud vrouwtje, en in mijn wraak had ik bijna geschreven, daar hoeft ze zich niet voor te verkleden. Ik zie haar de appel tussen haar boezem vandaan halen. En dan zie ik dat het die kankerborst is vol verrotting en gif die ze mijn lieveling tussen haar lippen stoot. En ik besef nu dat het altijd al voorgoed te laat was. Ik weet nu dat het niet meer mogelijk is dat het vergiftigde brok uit haar keel schiet en dat ze rechtop zal gaan zitten en vragen:

'Waar ben ik?' En dat ik nooit de prins zal zijn die zal zeggen: 'Bij mij ben je. Ik heb je lief, meer dan alles op de wereld.'

Requiem voor een dooie mus

In het atelier waarin ik toen zat had in de oorlog een verzetsstrijder gewoond die door de Duitsers gefusilleerd was. Ze hadden na de oorlog een bronzen plaquette aan de gevel bevestigd waarop stond GEVALLEN VOOR HET VADERLAND. Ieder jaar werd er een bloemstuk onder gehangen aan een roestige spijker, die je de rest van het jaar leek uit te nodigen om je eraan op te hangen. Een pol vochtig veenmos waarin rooie en witte anjers en blauwe irissen gestoken waren. Waarom weet ik niet, maar ik haatte die bloemen. Ieder jaar, nog voor ze verwelkt waren, haalde ik ze van de muur en stopte ze in de vuilnisbak. Als er wind stond waaide het lint met KUNSTENAARSVERZET 1942-1945 erop wild voor het raam. Toen Olga er met die slappeling vandoor was gegaan, schrok ik daar iedere keer weer van. Als ik zonder eraan te denken de keuken inkwam en dan vanuit mijn ooghoek ineens die zijden sjerp zag bewegen in de zon. Dan sloeg het door me heen met schrik en blijdschap dat ze teruggekomen was, want het was net een jurk met veel strikken en fladders, zoals ze was gaan dragen toen ze bij me weg was. Dat ze voor de deur stond en niet durfde te bellen. Toen ze nog niet zo lang bij me woonde – na alle ellende met thuis, haar vader die erg naar haar verlangde, haar moeder die in haar hart eigenlijk blij was dat ze was opgehoepeld maar het er uit kille drift niet bij wilde laten zitten en zich door een auto van de zaak tot voor de stoep bij ons liet rijden en trappelend van kippenwoede een halfuur aan een stuk door bleef bellen – hadden kinderen uit de buurt op vier mei een dooie mus gevonden. Vlak onder ons raam begroeven ze hem in het plantsoen. Op zijn rug met zijn kopje boven de aarde omdat hij anders zand in zijn oogjes zou krijgen. Even later kwam er een vrouw, die voor de officiële herdenking begon een bosje narcissen op het zand neerlegde. Precies onder het grafheuveltje van de mus. Ik moest er erg om lachen, maar Olga was zo stom om naar buiten te gaan en gehurkt naar dat boven het zand uitstekende koppie te gaan kijken omdat ze bang was dat hij nog leefde. Ik riep haar binnen omdat ik al voelde dat het mis zou gaan. En ja hoor, ze begon te praten over haar gestorven familieleden. Haar tante Sofie, die bij hun op de trap een hartverlamming had gekregen en toen hotsend op haar buik naar beneden was gegleden als een zak zand. Een andere tante die langzaam aan kanker weggesmolten was. Bij wie, als ze gewassen werd, de rolletjes rot vlees in het washandje zaten. Haar grootvader die bij hun thuis gestorven was toen ze twaalf jaar was. Ze hadden zijn ogen niet dicht kunnen krijgen. Hij bleef maar door een kier loeren. Zeker uit angst dat HERMES N.V. onder leiding van zijn dikke goeiige zoon snel naar de verdommenis zou gaan. En daarom begon ze te grienen, omdat bij die mus ook zijn dof glimmende oogjes op een kier stonden. Omdat ze de lieveling was geweest van haar grootvader en altijd cadeaus van hem kreeg. Ze bleef maar hysterisch janken en ik zei dat ze op moest houden. Maar ze kon het niet stoppen uit zichzelf. Ze hield haar gezicht op en zei dat ik haar maar moest slaan. Dan ging het wel over. Ze zei dat het iets van vroeger was. Dat ik dat toch niet kon begrijpen. Ik sloeg haar meteen keihard op haar natte wangen. Toen ze nog niet ophield gooide ik haar op bed, sjorde haar rok omhoog, deed haar broekje omlaag en sloeg haar keihard met mijn vlakke hand op haar billen. Tot haar huid rood en opgezet was en dat achterwerk er verschrikkelijk lekker uitzag. Of ze met haar reet in de brandnetels was gaan zitten. Toen naaide ik haar met mijn handen onder haar gloeiende achterwerk. Haar vochtige gezicht waar de slierten rood haar overheen geplakt zaten tegen mijn wang. Haar hijgende huiladem in mijn oor. Ze kwam zo dierlijk schreeuwend klaar dat ik dacht dat het buiten door de plechtige herdenkingsstem heen te horen was. Toen we opstonden, en met kwijldraden zaad aan kut en pik naar het raam liepen, en naar de groepjes mensen keken die nog wat na bleven praten, zei ze, dat ze de hele tijd had moeten denken aan haar kunstschaatsen met bruine laarsjes die ze van haar grootvader gekregen had op haar verjaardag vlak voor zijn sterven, en dat ze zelfs op de dag van zijn begrafenis het niet had kunnen laten ermee te gaan schaatsen. Daarom had ze het gevoel gehad alsof ze in zwierige krullen door die koude winterdag heen zeilde waarop die oude man begraven was. Dat ze er die begrafenisstem buiten door vergeten was. En ze zei dat ik die mus onder de grond moest stoppen want dat ze er anders steeds aan bleef denken. Maar voor ik dat had kunnen doen had de kat hem al het portaal ingesleept. Ik vond hem in de keuken, pakte hem met een stuk krant op, waar ik hem indraaide en stopte hem in de vuilnisbak. Ik zei er niets van tegen Olga en ze vroeg ook niet meer waar hij gebleven was. Met de bloemen die ze twee dagen later op mijn bevel van de gevel haalde en in de vuilnisbak stopte was ze waarschijnlijk alles alweer vergeten. Was het weggezakt in haar herinnering, met de schaatsen met laarsjes die ze vroeger, toen ze haar te klein waren geworden, op haar kamer aan de wand had gehangen, omringd door oude krantenfoto's van Sonja Henie, en die ze altijd had willen houden. Toen ze voorgoed bij me kwam wonen had haar moeder het Leger des Heils opgebeld en ze meegegeven met bijna al haar speelgoed en meisjesboeken. Haar poppen had ze zelf al weggedaan. Toen ze nog wel de leeftijd had om met poppen te spelen. Huilend en met afschuw, want het ging haar aan het hart. Maar het moest. Ze kon ze niet langer meer zien. Ze had eens een hele grote pop gekregen. Bijna zo groot als een echte baby. En hij kon nog mamma roepen ook en de ogen open en dicht doen met van die grote wimpers. Iedere dag gingen de kleertjes uit en stopte ze hem in bad. En 's ochtends voor ze naar school ging propte ze kleine stukjes brood in het geopende mondje. Na een poosje dacht ze dat de pop ziek was want hij zei geen mamma meer, hoe ze er ook mee heen en weer ging. Op een keer boog ze zich over het wiegje en zag dat het poppengezichtje overdekt was met maden die met een lillend slurfje tastend uit het mondje omhoogkwamen. Ze had willen schreeuwen maar ze kon niet. Ze stak haar vingertoppen in haar opengesperde mond en beet erop. Zo bleef ze staan kijken tot haar moeder kwam zeggen dat ze te laat zou komen voor school. Huilend werd ze bij het wiegje weggesleurd. Toen ze thuiskwam had haar vader bleekwater in de pop gegoten. Het mondje was erdoor verkleurd en er liepen uitgebeten stralen over de wangen. Met een omgebogen haarspeld had hij geprobeerd de walgelijke brij eruit te peuteren, maar halverwege had hij er genoeg van gekregen, zodat je als je de pop bewoog een klef geluid hoorde. Ze wilde hem niet meer hebben en ook haar andere poppen niet meer. En ze wilde ze ook niet aan haar vriendinnen geven. Ze moesten allemaal weg, in de grond. En zo heeft haar vader goeiig, want haar moeder had ze gewoon in de vuilnisbak willen gooien, met zijn dikke lijf en opgestroopte hemdsmouwen in de tuin een kuil gegraven en ze daar ingestopt. Dat vertelde Olga me allemaal pas veel later, en daarom vroeg ik me toen af of ze deze poppengeschiedenis bedoelde toen ze zei: 'Dat is iets van vroeger. Dat kan je toch niet begrijpen.' Want ze had zo haar geheimen waar je heel langzaam iets van te weten kwam. Pas toen ze twee jaar bij me was kwam ik erachter dat haar bovenvoortanden niet echt waren. Ze had een prachtig stevig gebit. Wit en dierlijk. Ze onderhield het met een ziekelijke stiptheid. Meteen na het eten peuterde ze de voedselresten tussen haar tanden vandaan met een tandenstoker van een afgesneden ganzenveer. Daarna ging ze ze uitvoerig staan poetsen met een mond vol schuim. Op een keer toen ze weer uitgebreid haar tanden stond schoon te peuteren voor de spiegel gaf ze ineens een schreeuw. Met een vertrokken gezicht en open mond rende ze naar haar tas, haalde er het zakspiegeltje uit en stak dat voor de grote spiegel schuin omhoog in haar mond. Met van angst opengesperde ogen bekeek ze de achterkant van haar gebit. Toen ik haar vroeg wat er was wees ze alleen maar met afschuw naar de op de grond gevallen tandenstoker. Ik raapte hem op en zag dat er een made op zat. Ik zei dat er natuurlijk etensresten in de schacht van de veer gekomen waren en dat een vlieg daar zijn eitjes in had gelegd.

Maar ik kon haar niet geruststellen. Ze bleef geloven dat ze hem ergens tussen haar tanden vandaan had gepeuterd. En toen kwam het verhaal van de stifttanden. Dat ze altijd het gevoel had gehad dat ze er zo ineens uit zouden kunnen vallen. Omdat als de wortels rot waren ze het toch niet zou voelen omdat de zenuwen doodgemaakt waren. Dat ze als meisje van dertien van een ijzeren plantsoenhekje gevallen was. Precies op haar mond. Haar twee boventanden waren afgebroken, maar ze had er nog een paar jaar zo mee rondgelopen. Een jongen uit de klas had gezegd dat het net een stopcontact was, en omdat haar rode haar toen nog heller was hadden ze haar op school Schemerlampje genoemd. Ik moest er om lachen en pakte haar vertederd vast. Maar ze duwde mij van zich af en liep met een ernstig gezicht naar de telefoon en maakte een afspraak met de tandarts.

De verrassingsautomaat

Als ik wilde eenden over zie komen moet ik er altijd aan denken dat ze zei dat het net vliegende chiantiflessen waren. Pinda's wilde ze niet pellen omdat die haar aan teentjes van oude mannetjes deden denken. Toen we een keer naar IJmuiden gingen en ik haar vroeg of ze er wel eens was geweest, zei ze: 'Ja, één keer. Met een fles dropwater.' We liepen er gearmd over de pier en keken hoe de Titan een gigantisch passagiersschip binnenbracht. En ze bleef heel lang bij een visser in het leefnet kijken waar een bloederig palinkje in lag te kronkelen, terwijl ik gauw doorliep omdat ik er pijn van in mijn lul kreeg. We zaten er lang op een terras in de zon naar de vliegen te kijken die aan het naaien waren. We konden maar niet goed zien hoe het ging. Ze zei, dat als je goed bekeek hoe ze zich wasten je er nooit van je leven meer een dood zou kunnen slaan. In die winkelgalerij naar het strand van houten winkeltjes en keetjes en vreettentjes, als het decor van een dorpsstraat uit een western na de opnamen, waar, in de geur van frites, vruchten en vis de jongens naar haar floten toen we voorbijkwamen of zeiden: 'Wat een stuk' of onder gelach smerige dingen over haar fluisterden, liet ik haar een kwartje in een verrassingsautomaat gooien. Er kwam een vuilwitte kogel uit als een soort reptielenei. Er zat een vleeskleurig drillerig salamandertje in met een waggelkop en grote zwarte treurige ogen. Ze vond hem eng en ik zei dat het het mooiste zou zijn als je hem ongemerkt aan het haakje van een visser kon slaan. Maar ze wilde hem meteen kwijt en draaide met haar hiel een kuiltje in het zand en liet hem daar in vallen. Toen schoof ze het zand erover en zette haar voet erop. Die keer in het Amsterdamse Bos tussen de dennenstammen waar melkachtige hars uit liep die in de schaduw net zo blauw leek als de hondsdraf waar we in lagen. Op een roodbruin paard kwam een ruiter langs die naar ons lachte en zei: 'Wilt u mijn vosje niet voor het uwe ruilen?' En ze vertelde daar dat ze een keer met een vriendinnetje in de verboden duinen bij Egmond aan Zee door een agent te paard werd aangehouden. Hij haalde zijn boekje tevoorschijn om hun namen te noteren maar ineens ging zijn paard met een enorme lange bleke slappe lul staan pissen als een gieter. Hij stak toen gauw zijn boekje weg en zei, dat ze als de donder moesten verdwijnen, want hij moet het gevoel gehad hebben dat hij daar zelf met zijn lul zwengelend uit zijn broek voor die twee kleine meisjes stond te sassen. Die eerste maanden dat we bij elkaar waren reden we heel Nederland door. Van Ameland tot Limburg – de Pietersberg, en de walvisvleesslurpende toeristen vermijdend –, van de vuurtoren van Westkapelle tot Denekamp. Het waren ook de laatste maanden van mijn studietijd en ik had geen zin meer om naar de academie te gaan. De kunst kon niet tegen haar op. Ik zou er wel weer eens aan beginnen, maar ik moest eerst mijn waanzinnige verliefdheid botvieren. Toen haar ouders van vakantie terugkwamen vonden ze een brief van Olga die er niet om loog. Die de band met haar ouders, die onzichtbare navelstreng, niet doorsneed, maar liet exploderen. Met moederkoek en al. (Ik moet er eerlijkheidshalve bij zeggen dat ik die haar gedicteerd had.) Daar kregen we anders later wel de flarden weer van op ons hoofd terug, in de vorm van laag gestook en huichelachtig gekonkel. Maar daar trok haar vader zich niets van aan. Ze mocht zelfs een poos de auto hebben om onze prewittebroodsweken te vieren. Nu ze boven de zaak woonden uit bezuiniging had hij hem toch bijna niet meer nodig. Alleen voor representatie. En wat was dan beter dan wanneer zijn mooie dochter rondreed in die auto met op de portieren in beschaafde gouden letters HERMES N.V. – GROOTHANDEL IN HUISHOUDELIJKE ARTIKELEN. Meteen na het ongeluk, toen ze bang was om weer te gaan rijden, had hij haar in de nieuwe Fiat geduwd, en gezegd dat ze het anders nooit zou leren. Voor zijn vrouw had hij hem toch ook niet nodig. Die was bij de eerste les van hem als een kip zonder kop door een heg een tuin binnen gereden. Schade, behalve aan de auto, de vergoeding van drie glazen ranja en twee glazen grenadine die op het tuintafeltje stonden waartegen ze met haar voorbumper tot stilstand kwam. En zo kwamen we in Coevorden terecht – waar ze zo graag heen wilde omdat die naam haar altijd was bijgebleven van de aardrijkskundeles. Niets te beleven. Een dorpsstraat met wat huizen erachter. Niet de moeite waard om met andere plaatsnamen in een rijtje op te moeten dreunen. Je zat zo weer in de kale bruine veentroep tegen de Duitse grens aan, waarop je niet eens behoorlijk kon naaien zonder al hijgend en stotend in een poel turfachtige blubber weg te zakken. En in Oostelijk Flevoland werd je weer gekweld door grijze tornado's van muggen of bestond de kans dat je liefdesstaart door een kiekendief, die in een drijfvlucht over het rietland scheerde, voor een ringslang werd aangezien of je ogen werden bijna uitgepikt door een grutto omdat je kwakkie bij het voor het zingen de kerk uitgaan in zijn nest schoot en tussen de in schutkleur uitgevoerde eieren wegzakte. Nee, dat vrijen in de vrije natuur was niets. Het leek wel of alle dieren des velds samenspanden om ons het vermenigvuldigen te beletten. Net lag je lekker met je broek tot aan je knieën naar beneden ritmisch te bewegen op het geile steunen dat door haar dikke lippen zuchtte, of een larf of de een of andere kokerjuffer probeerde je reet binnen te kruipen of Olga sprong ineens op net voor de laatste stoot omdat een geelgerande waterkever mee naar binnen wilde glippen. Of een sprinkhaan ging op een puntje van haar neus zitten zodat je door het blazen uit je cadans werd gehaald. Nee, we neukten nergens zo lekker als thuis in bed of op het voor de grote spiegel gesleepte matras als we wilden kijken. Hoe mijn ballen tegen haar billen veerden bij iedere stoot, naar de paarse bloeduitstortinkjes tussen de sproeten op haar mooie volle rug, of als zij in de spiegel keek, naar haar gezicht van opzij als ze dat harige lijf van mij tussen dat zachte vlees van haar te keer zag gaan. Die troebele blik van haar en die geile sidderende lippen vertaalde je in woorden die achter je slapen bonsden maar die zij nooit zou zeggen: 'Pis je troep in me eruit, aap. Vooruit, kom klaar!' Toch hebben we in die onmetelijke polder, tussen gele koolzaadvelden, aan een asfaltweg die als water glom van de hitte en die van de ene zinloze groene horizon naar de andere liep, gerookte paling gegeten die we op een boot in Kampen van een visser van Artikel 31 hadden gekocht. Ze kon ze niet schoonmaken zodat ik het zachte vlees bij propjes in haar mond moest stoppen als bij een jonge vogel die gevoerd wordt. We kwamen er geen levend wezen tegen, ook niet nadat we het bordje WELKOM IN LELYSTAD, OOK IN DE KERK voorbij gezoefd waren op die klevende stinkende teertroep. Het leek wel of alle bewoners van die kleine nieuwe huisjes en barakkenkampen aan insectenverdelgingsmiddelen te gronde waren gegaan. Er heerste een dorre stoffige DDT-vrede, en zelfs het bekende donkerbruine tot een propje geknepen Marspapiertje, dat je altijd voor een diertje aanziet, heb ik niet kunnen waarnemen. Not a breath of wild air. Toen we teruggingen, in de oranje avondzon, over de Knardijk naar Harderwijk, zat ze roodverbrand en rozig naast me met een bos kamillen en klaprozen die tegen haar lichaam smolten van de hitte. Thuis gingen we samen onder de douche en ik waste het graszaad uit haar kuthaar. We bleven naakt in het atelier lopen zodat ik geknield bij haar kwam te liggen en haar billen zoende en haar aars likte die naar zeep smaakte. Ik stak er een klaproos in en ze ging rennen door het atelier met schuddend achterwerk omdat het kriebelde. Maar ze vond het toch wel mooi want ze liet hem erin zitten en keek er steeds even naar als ze langs de spiegel kwam. En ik ging achter haar aan met een latje. Tot ze zich overgaf en met haar kont omhoog op het bed dook waar ik de bloem tot rood sap sloeg op haar billen en over haar heen in slaap viel met mijn vingers in haar kutje omdat het weer gevaarlijk was. Midden in de nacht werd ik wakker van de kou en zat toen met mijn pik in haar aars. Ze had zichzelf aan me vastgestoken en lag als een waanzinnige klaar te komen doordat ze haar vingers door de mijne had gestoken in haar kut en zichzelf zalig lag te vingeren. Zo was het leven in het begin. Tenminste als het warm was en we klaprozen in huis hadden. Maar er is een gebeurtenis uit die tijd waar ik me erg voor schaam. Na een poosje kreeg ik uitslag op mijn eikel. Ik was razend want ik dacht dat ze me mooi een druipertje had bezorgd. Ze bezwoer me in tranen dat ze allang voordat ze mij ontmoet had met niemand meer naar bed was geweest. Maar ik geloofde haar niet en sleepte haar mee naar een huidarts die zei dat die ontstoken top door het overmatige seksuele verkeer kwam. Toen we thuiskwamen was ze woedend. Ze had al met van die driftige stappen naast me gelopen en ik wist niet goed wat ik moest zeggen. Daarom zette ik maar gauw een plaatje van haar op waar ze erg veel van hield. Het Phil Woods Jazz Quintet met Jon Eardley. Pot Pie en Mad About The Boy. Nou, dat was ze op dat moment zeker niet want ze sloeg de arm van de grammofoon opzij, greep het plaatje en zeilde het door het open raam naar buiten. Toen was haar woede bekoeld, want ze begon ineens keihard en uitbundig te lachen. Niet lang daarna trouwden we. Gratis. Alleen het trouwboekje was vijftig cent. We gingen er net zo heen als toen ik haar voor de eerste keer van de kermis meegenomen had naar mijn atelier. Op de fiets. Zij op de bagagedrager waar ik voor de gelegenheid een wollig doekje op had gelegd onder de snelbinder. Per slot van rekening hoefde ze zich geen moeten in haar reet te hobbelen op de mooiste dag van haar leven. Ze had een paarse jurk aan en een strooien pothoedje op dat ze zelf gemaakt had van een Mexicaanse sombrero door de brede rand eraf te knippen. Die paarse jurk had ik voor haar gekocht van het voorschot van mijn eerste opdracht. Van mijn eerste zelfverdiende geld. Ik moest er nog wel een beeldje voor maken dat Het Moedergeluk moest uitdrukken en dat in het een of andere plantsoen kwam te staan, maar dat was van later zorg. Op het stadhuis werden we met z'n zessen tegelijk door de ambtelijke molen gedraaid, de meeste bruiden hoogzwanger. Eén huwelijk had zelfs uitgesteld moeten worden omdat de weeën in de wachtkamer al begonnen waren. Toch nam de ambtenaar van de burgerlijke stand nog de tijd en moeite om een kleine persoonlijke speech tegen ons af te steken. Over de bloeiende liefde der jeugd had hij het, terwijl hij likkebaardend naar mijn diepgelukkige schat keek die met haar obscene lijf in die paarse jurk van peau de pêche gekneld zat als een paling in zijn vel. (Later, toen ze bij me weggegaan was en ze ettelijke huwelijken achter elkaar pleegde voor een blauwe maandag, kuchte de ambtenaar vaak als hij de namen oplas van de vorige echtgenoten, en een zei zelfs, toen hij het rijtje had afgewerkt: 'Zo zo.') We wilden die dag fijn in elkaars armen doorbrengen met een fles champagne naast het bed en als het donker was eruit en eten in de stad. Maar we werden godverdomme om de vijf minuten uit bed gebeld door kennissen van haar en haar ouders. Toen bleek dat haar moeder toch kaartjes had laten drukken en die kwistig over de kop van Noord-Holland had laten verspreiden. Satijnpapier met roosjes in reliëf erin gedrukt en onze namen in gouden letters. Ik nam me voor om het die nieuwbakken schoonmoeder van me voor eens en voor altijd duidelijk te maken dat ze zich niet met onze zaken moest bemoeien, want we zouden een paar dagen later het huwelijk bij hen komen vieren. Toen haar vader ons kwam halen moest ik in plaats van Olga naast hem zitten. Op de dead man's place. Omdat zijn arts hem afgeraden had ooit nog achter het stuur van een auto te gaan zitten, zoals hij me langs zijn dikke neus weg vertelde toen hij met honderdveertig achteloos over de weg vloog. En toen vertelde hij zijn eerste mop aan mij. Nog niet die van die twee jongens die naar Parijs gingen. Die van twee andere jongens die een mooie meid hadden ontmoet waarmee ze zouden gaan dineren. De een had met zijn vriend afgesproken dat als hij drie schunnigheden zou durven zeggen onder het eten die vriend het veld zou ruimen. En jawel hoor, toen de soep opgediend werd zei hij tegen haar terwijl hij met zijn lepel door de crème de zus of zo roerde: 'Mag ik mijn balletjes bij u erin doen?' Bij het wildbraad, toen zij haar botjes op het daarvoor bestemde bord deponeerde, zei hij terwijl hij hetzelfde deed: 'Mag ik mijn beentjes naast de uwe leggen?' Ik wist ook wel dat hij bij de fruitsalade zou zeggen: 'Mag ik u bevruchten?', maar ik liet hem rustig uitvertellen en lachte toen smakelijk. En ik gooide er meteen een bovenop, die misschien wel niet zo geschikt was om te vertellen als pasgetrouwd man aan je schoonvader, maar ik vond die man zo innemend en lief, dat ik gewoon van wal stak als jongens onder elkaar. Van die schipper met zijn dochter en knecht die maar één kooi hebben waar ze met hun drieën in moeten slapen. De schipper in het midden. Als de schipper luidruchtig ligt te snurken komt de knecht overeind, stoot de dochter aan en zegt: 'Zullen we?!' Ze zegt dat hij dan eerst een haar uit de zak van haar vader moet trekken. Hij vindt het wel een beetje een vreemde opdracht, maar goed, hij is ook de beroerdste niet, en voor wat hoort wat. Zo gaat het een paar nachten door, en dan staan die dochter en die knecht op een ochtend op de voorplecht en die dochter begint te zingen: 'Het is vannacht toch zo fijn gegaan! Hoezee!' En de knecht zingt: 'Maar morgen zal het nog beter gaan! Hoezee!' En dan klinkt ineens de diepe basstem van de schipper uit de stuurhut: 'En als het zo… ohhh door blijft gaan, dan blijft er geen haar op mijn klootzak staan! Hoezee, hoezee, hoezee! Hoezee, hoezee, hoezee!' Hij kreeg zo'n proestbui dat hij net als zijn dochter een poos daarvoor behoorlijk de linkerweghelft opschoot. Met groot licht van de tegenligger en heftig afremmen kon een ramp voorkomen worden. En door het zich scheldend verwijderend claxonneren van de tegenligger heen, zei hij onverstoorbaar. 'Het is in het verkeer zo, het past allemaal precies in elkaar. En als het een keer niet past hoor je een klap.' Nou ja, we waren de dans ontsprongen en even later stonden we in de tuin te midden van notabelen en zakenrelaties. Haar moeder had liever in een restaurant receptie gehouden met een koud buffet als sluitstuk, maar hij had alle restaurants die ze opnoemde afgedaan met: 'Ik weet al hoe het eten er zal smaken op 17 april 1992.' Toen had ze zich uit snobisme geworpen op een nieuwigheid die pas uit Amerika was overgewaaid, want ze moest en zou haar party hebben: Barbecuen. Met een hele set potten relish erbij in de mooiste braakkleuren. Daarom liep iedereen in de tuin met tranen in zijn ogen van de rook en de stank – want ze wist niet met het houtskool om te gaan en had het aangestoken door er een flinke scheut petroleum over te gieten – en met zo'n lappie vlees in zijn hand dat aan de ene kant op een half verteerde rubber schoenzool leek terwijl aan de andere kant het bloed zich mengde met de paarse drukinkt van het keuringsstempel. Haar vader keek het vanuit zijn luie stoel op het bordes, en nu eens zonder te pulken en bulletjes te draaien, maar weer een beetje goedmoedig spottend aan en zei tegen mij op rijm: 'Laat die maar lekker met wat lappies knoeien, 't Is toch zo'n leuke sport dat barbecuen.' Maar die taaie stukken waar je een mond als een schoorsteenveger van kreeg verdwenen steeds met een steelse snelle zwaai tussen de petunia's en de lavendel in de border, waar een Duitse staander van een van de aanwezigen er grommend mee afrekende. En toen er voor de zoveelste keer getoost werd en de een of andere oudtante uit Haarlem, met een zwabberjurk om haar lijf van wortelnotendoek die veertig jaar in de mottenkist had gezeten en een uur in de wind stonk naar kamfer, zo nodig iets over ons toekomstig geluk ten beste moest geven, met een stem die krakend heen en weer schoof met haar loszittend gebit, kwam dat volgevreten kreng van een hond tussen de benen van de gegeneerd en plichtmatig luisterende meute het gazon op en ging met zijn kop plat tegen de grond schokkend staan kotsen. En daar lagen ineens voor de ogen van iedereen, onloochenbaar, in een saus van grijze darmbrij, zeven of acht van die zwarte lappies op het gras. Haar vader was erg lief, want hij kwam uit zijn stoeltje, haalde het servet voor zijn borst vandaan dat ze hem autoritair om zijn hals had geknoopt toen ze hem zo'n verschroeid ding in zijn handen kwam drukken, en legde dat onhandig over die hoop zwadder en drab. Er klonk een aarzelend applaus dat hem verlegen naar zijn stoel terug deed lopen. Mijn angst dat er straks iemand die later gekomen was het servet op zou rapen omdat hij dacht dat iemand het daar had laten vallen was gelukkig voorbarig. En zo verdween de receptie die niet wilde uitgroeien tot een hartelijk feest, met het beeld van de oudtante uit Haarlem door het struikgewas rennend met een wesp achter zich aan en van een logge oom die met één stap van zijn maat achtenveertig schoen een glas sherry, dat daar even door een van de gasten in het gras was neergezet, finaal het gazon in trapte. Toen alle gasten verdwenen waren en de barbecue nog wat verloren stond na te walmen, kwam Olga me uit de tuin halen. Ze zei dat haar vader ons wilde spreken, over geld, maar dat daar natuurlijk haar moeder achter zat. Dat smerige loeder. Ik had haar wel met haar in een grijze plissérok gehulde achtersteven op de barbecue kunnen zetten. Olga gaf me een hand en we gingen rustig in de kamer zitten wachten op de dingen die komen gingen. Ineens werd de deur opengestoten en duwde ze hem voor zich uit naar binnen. 'Vooruit maar,' zei ze en manœuvreerde hem zijn crapaudtje in. Hij ging vadsig breeduit zitten, keek eens naar het plafond en naar buiten en trommelde een beetje op de zijkant van zijn stoeltje. De Radetzkymars, dacht ik. En zij probeerde steeds dwingender zijn blik te vangen. Ze kuchte damesachtig en zei toen geprikkeld en ongeduldig: 'Nou, pappie.' Maar hij bleef zwijgen en draaide alle kanten op met zijn hoofd dat steeds roder werd, behalve naar ons en naar haar. Ze stampvoette en met een laatste pisnijdige blik naar hem spoten bij haar ineens de woorden eruit. Dat het ze handen vol geld had gekost om deze dag voor ons onvergetelijk te maken. Dat we ze nou wel gedwongen hadden om toestemming te geven voor het huwelijk door met de rechter te dreigen, maar dat we niet moesten denken dat we ooit een cent zouden krijgen. En dat zij, Olga, vooral niet hoefde te denken dat ze over een paar maanden met hangende pootjes terug kon komen. Dat ze haar duidelijk genoeg gewaarschuwd had voor het artiestenleven dat een aaneenschakeling van armoede was, vooral als je uit de gegoede burgerstand kwam. En meer van dat soort fanatieke onzinnige gemeenplaatsen. En toen ze even stopte om nog eens diep adem te halen om het gif er met nog meer kracht uit te werken, zei hij ineens als een domme dikke jongen, die het allemaal wel niet begrepen heeft maar denkt dat alles geregeld en in der minne geschikt is: 'Nou, dat is dan afgesproken.' Ze sprong op of ze inderdaad op de barbecue zat en gelukkig kon ze haar woede koelen op een asrups die tussen mijn voeten op het tapijt gevallen was. Ze rende naar de keuken en kwam even later met een rollertje terug waarmee ze driftig heen en weer ging en tegen mijn schoenen stootte. Handenwrijvend liep hij naar het buffet en schonk zichzelf onverstoorbaar een glaasje beerenburger in, een soort kruidenjenever, want dat was het drankje waar hij het meest van hield. Daarna liep hij met het overvolle glas, zonder een druppel te morsen, terug naar zijn stoeltje, en terwijl hij de kop van zijn glaasje slurpte, zei hij met bijna onmerkbare spot in zijn stem, die zijn onnozelheid van daarnet op losse schroeven zette en terwijl hij olijk de tuin inkeek waar alleen het servet nog op het gazon lag: 'Het is toch een feestelijke dag geweest.'

Marxistische tuinkabouters

Van haar moeder had ze een kinderwagen gekregen voor haar huwelijk. Zo'n hoge Engelse die jaren bij ze op zolder had gestaan onder een hoes. Ze had hem voor zichzelf gekocht toen ze meende, nog net op het nippertje, voor de tent voorgoed gesloten werd, zwanger te zijn. Of het nou schijnzwangerschap was of dat ze van een dood konijn bevallen is – ze was in die tijd erg gecharmeerd van een witharige rondtrekkende goochelaar – weet ik niet meer. Hij was in ieder geval nooit gebruikt. Olga zette hem, toen hij door de bode gebracht werd zonder dat haar moeder haar van tevoren gevraagd had of ze hem wilde hebben, meteen op het rommelkamertje. Er kwam na verloop van tijd steeds meer rotzooi in te liggen en overheen te hangen, zodat hij op den duur eronder schuilging. Toen ze dat vehikel daarin zette had ze geïrriteerd gezegd dat haar moeder zeker wilde dat ze ook zo gauw mogelijk zonder borsten kwam te zitten en met zo'n uitgelubberde buik. Dan kon je praten wat je wilde en zeggen dat die angst om een kind te krijgen kwam omdat die stomme misdadige trut van een moeder van haar tegen haar gezegd had, toen ze als kind die plek gezien had waar die verkankerde borst had gezeten, dat zij die eraf gegeten had als baby. Of omdat ze steeds ontrouw was geweest en haar vader en haar aan hun lot had overgelaten. Het hielp niet. Die angst was niet weg te praten. Ze had het dan over vriendinnen van haar die schoonheden waren geweest maar na het eerste kind als oude slappe lobbesen achter de kinderwagen zeulden. Of die door het voeden ontstekingen hadden gekregen en de tol voor het moederschap met kerven en littekens in hun borsten hadden moeten betalen. Daarom sleepte ze me ook meteen mee naar het consultatiebureau van de NVSH voor condooms en een pessarium. En bij dat ding gebruikte ze zo overdreven veel zaaddodende pasta dat het was of je je pik in de velpon stak. Het mocht van haar maar een paar dagen per cyclus gewoon. Wat je noemt vrij spuiten. (Of mocht, zo kon je het eigenlijk niet noemen. Ze verkrampte van angst als ze dacht dat het ook maar even gevaarlijk was. Het ging gewoon niet. Dan kon ze haar benen niet van elkaar krijgen.) Drie dagen voordat ze ongesteld werd en een paar dagen erna. Tijdens, vond ze niet zo fijn. Dat noemde ze de bloedbruiloft en ze had altijd met me te doen als ik het geronnen bloed met moeite uit mijn schaamhaar en van mijn kloten stond te wassen. Verder werd het kunstmatige rubber maagdenvlies naar binnen gebracht om die kikkervisjes voor de volgende generatie tegen te houden. En als ze vruchtbaar was, wat ze bijna op het uur af kon constateren met de thermometer, dan mocht het helemaal niet. Al had ik tien condooms over elkaar over mijn lul gesjord en alle plastic zakken en alpinopetjes die in huis waren. Maar ik moet toegeven dat ze me dan wel een plaatsvervangster voor haar kutje aanbood die niet mis was. Haar prachtige volle billen. (Ze had een blauwe maandag een Italiaans vriendje gehad.) Ze ging dan na het spelen en vrijen op haar buik liggen en zei heel lief terwijl ze met haar handen haar billen van elkaar deed en me die zalige roze bruine poeperd van haar toonde: 'Doe het hier maar in, schatje.' Snel liep ik dan naar de keuken en hing mijn lul nog even in de slaolie om het glijen gemakkelijker te maken. Even later lag ik dan op haar en als ik langs haar gespikkelde rug en prachtige ronde heupen naar beneden keek zag ik die stang van me steeds tussen die twee reusachtige bolle blanke (op haar billen had ze maar een enkele sproet) heuvels verdwijnen. En ze kwam niet minder goed klaar dan anders. Met muziek en al. Ze zei altijd: 'Ik voel het gewoon binnendoor. Het scheelt ook maar zo'n stukkie.' Ik moest dan wel zorgen dat ik meteen de stront tussen mijn voorhuid vandaan waste, anders had ik de volgende ochtend een opgezette top als het achterlicht van een fiets. Als we zo bezig waren speelden we altijd dat ik een Incapriester was die bezig was met de maagdenoffering. Ik liet haar dan haar hoofd achterover doen zodat haar hals spande en we stelden ons voor dat een priesteres, als ik in haar spoot, met een vlijmscherp mes haar gespannen strot met één haal zou doorsnijden. Als ze erg opgewonden werd van die spelletjes draaide ze haar hoofd opzij, deed haar mond open en zei dat ik in haar moest spugen. Als ik klaarkwam. Want mijn spuug was giftig als blauwzuur en zou haar op slag doden. Als allebei de kwakkies dan in haar kwamen, tegelijk, spatte ze bijna uit elkaar van opwinding. En zo leefden we, ondanks die panische angst voor zwangerschap van haar, toch erg gelukkig en opwindend. Ik had trouwens helemaal nog geen behoefte aan zo'n schreeuwende tietzuiger in huis. Ik had voorlopig mijn handen vol aan mijn eigen voortbrengselen, want het viel niet mee om als beeldhouwer te beginnen in een stad die door een vorige generatie volgepoot was met van die marxistische tuinkabouters. Overal zag je ze. Op bruggen. Tegen gevels. Aan pisbakken. In zandsteen, in kalksteen of in graniet. Van die kleine mannetjes. Dwergjes met kale koppies en meestal ontbloot bovenlijf. Arbeiders moesten ze voorstellen in een staat waar de arbeid adelt. Maar een collega van me zei eens fluisterend: 'Dat is geen menselijk socialisme. Dat is het socialisme voor de apen.' Nou ja, voorlopig had ik niets met die toegepaste Neanderthalertjes te maken. Zat ik met de opdracht om Het Moedergeluk in brons uit te beelden voor een plantsoen. Dat moest natuurlijk een moeder met een kind worden, dat had de Commissie voor Stadsverfraaiing wel laten doorschemeren. 'Ze maken tegenwoordig wel van die abstracties of een vrouw die op een opgepompte luchtballon lijkt en dan Oermoeder wordt genoemd of iets dergelijks. Maar daar staan wij afwijzend tegenover,' had een van de commissieleden langs zijn neus weg gezegd. Ik had ook nog gedacht aan een zwangere vrouw, maar dat vonden ze een beetje een voorbarig moedergeluk. Trouwens, ik had Olga bij het poseren toch moeilijk een kussentje onder haar kleren op haar buik kunnen binden. Ze zou gecrepeerd zijn van ellende, zoals ze zelf zei. Met die grote pop op haar arm, die ik bij de speelgoedwinkel in de buurt heel goedkoop gekregen had omdat hij Ietsje Beschadigd was, was het al moeilijk genoeg voor haar. Ze stond er maanden mee, soms zes uur per dag. Maar als het even kon, als ik aan de achterkant van het beeld werkte, legde ze hem steeds gauw aan haar voeten. Met het ingedeukte smoeltje naar beneden. En toen het beeld af was en de commissie kwam kijken, waren ze allemaal erg enthousiast, op een vergrijsde functionaris na, die de profetische woorden sprak: 'Het lijkt wel of die moeder bang is van dat kind.' En zo was het. Ze was blij toen het de deur uitging naar de bronsgieter, en ze heeft nooit mee willen gaan om te kijken naar de plaats waar het is komen te staan, naar dat plantsoen aan die singel tussen al die moeders met kinderwagens en kleuters. Tussen het echte onvervalste moedergeluk. De gebarsten en onvoltooide voorstudies in klei en gips wilde ze ook allemaal de deur uit hebben. Ik wilde ze niet bij de vuilnisbak zetten omdat ik ze dan door de ramen op de schoorsteenmantels van mijn buurtgenoten terug zou zien. En toen kwam de kinderwagen er aan te pas. We haalden alle troep eraf en eruit en laadden hem vol met die miniatuurmoeders met kinderen tot hij bijna door zijn veren ging. Zo reden we op een avond de brug op over de Amstel. Misschien hebben we zelfs wel alsof het iets grappigs was gezongen: 'Ik heb m'n wagen vol geladen.' In het midden van de brug wilde ik wachten tot er geen verkeer langskwam omdat ze anders konden denken dat er een kind verzopen werd. Maar zij ging ze meteen in het water plonsen. Achter elkaar en zo ver mogelijk. Ik kwam er niet eens aan te pas. Ineens zag ik ook de pop in de diepte dobberen. Die had ze voor het laatst bewaard. Daarna reed ze opgelucht de kinderwagen naar huis, gaf hem duwtjes de brug af en holde er dan weer achteraan. Het was een heel gelukkig gezicht. Een jonge moeder die door het dolle heen was. Maar thuis reed ze hem meteen het rommelkamertje in en verborg hem weer onder alles wat erop had gelegen. Nu we schoon schip gemaakt hadden kon ik aan haar alleen beginnen. Met het geld dat ik van de opdracht over had gehouden kon ik, als we zuinig waren, een jaar voor mezelf werken. En dat jaar heeft ze bijna aan een stuk door naakt in mijn atelier gelopen. Ik maakte haar zittend, staande, liggend, in danshouding. Met haar armen horizontaal en haar ene been de hoogte in. Arabesque noemden ze dat in de balletwereld met een mooi woord, had ze me gezegd. Maar je kon er zo bij in haar kut kijken. Als Pomona maakte ik haar met appels (die ze onder het poseren steeds opat. Scrapple from the Apple). Als Persephone met veldboeketten die ze zelf geplukt had. Waaruit de rupsjes en spuugbeestjes over haar goddelijke lichaam liepen. Ik houwde in graniet een tors van haar die in de tuin van een rijke geilaard verdween, want als je de vrouw zelf niet kan krijgen moet je je maar met steen behelpen. En ik maakte honderden tekeningen van haar. Ik kon haar lichaam dromen op den duur en dat deed ik ook. Iedere welving, ieder kuiltje, iedere plooi had ik met mijn ogen afgetast. Had ik met mijn handen gevolgd in de klei. Ik was als de beestjes die uit de veldboeketten over haar heen kropen, voor wie haar borsten heuvels van uren gaans waren en die zich konden verbergen in de schaduw van de laagvlakte tussen haar schouderbladen. En in de pauze, als ze even naar de wc ging maakte ik tekeningetjes van ons terwijl we de liefde bedreven op allerlei manieren. Ik schreef eronder. KOM ER GAUW AF! IK GA DIT MET JE DOEN. Of: 'IK GA JE OFFEREN.' En als ze verschrikkelijk onweerstaanbaar was – vooral als ze Vruchtbaar was, want dat kon je gewoon aan haar zien, dan was ze als een bloem op haar hoogtepunt – schreef ik: IK HOUD VAN ZOVEEL VAN JE, VEEG JE REET MAAR NIET AF, IK LIK JE SCHOON. Ze heeft het nooit gedaan. Ze dacht altijd dat het maar bij wijze van spreken was. Dichterlijke overdrijving. En ondertussen zorgde ze nog voor het huishouden ook op een fantastische manier. We hadden niet veel geld om aan eten uit te geven, maar een gestoomde makreel kon ze zo fileren en met saus erover en van alles eromheen opdienen dat je aan de ober had willen vragen welke wijn je hier nou het beste bij kon drinken. En ze zette het atelier vol schalen met vruchten. Vermengd met de muffe lucht van de klei was het net of we in een boomgaard leefden. Als ze prei gekocht had, spoelde ze ze af en legde ze, een dag voor we ze aten, naast elkaar op de stukken steen. En zo deed ze met alle groente. Want ze vond het gewoon zonde om zo'n mooie witte bloemkool meteen maar in stukken te snijen en te verslinden. Of ze bracht een grote zak inmaakuitjes mee en zat dan de hele dag op het balkon in de wind met rooie ogen van het tranen uitjes te pellen. Dan waaide de hele straat vol zilveren schilfertjes en in huis hing de bedwelmende wijngeur van gedroogde laurierbladeren. Na een paar dagen stond de kast in het atelier vol potjes uien in azijn met laurierbladeren, rooie pepers en kruidnagelen. Midden tussen haar portretten en beeldjes. En met haar voorhoofd nog bezweet van de drift bekeek ze het diep voldaan en zei: 'De wintervoorraad.' Dan kwam er een veilige sprokkelsfeer in het atelier te hangen. Alsof we in een hut (hoe verheugd wij steeds ontwaakten) aan de rand van de duinen woonden in door de zeewind gekromde bossen vol vliegenzwammen en aardsterren. Alsof we, als we niet goed opletten, het slachtoffer konden worden van de elementen. En het viel de buren en iedereen op hoe lief ze altijd bezig was alles gezellig en fijn te maken, want ik hoorde een buurman op een feest achter mijn rug zeggen: 'Zo'n mooi wijf dat zich zo uitslooft en zo lief voor hem is. Wat hij allemaal doet met haar weet ik niet, maar die vent moet wel een gouden pik hebben.' Toen ik een jaar zo gewerkt had, bezeten van haar en haar lichaam, kreeg ik weer een opdracht. Voor een gebouw van het Rode Kruis. Maar het leek wel of de duvel ermee speelde, want het moest weer een moeder met een kind worden. Ze zei meteen, aan mijn lijf geen polonaise. Ze wilde er niet voor poseren, er niets mee te maken hebben. Ze zou ziek worden, doodgaan, misselijk worden, me verlaten. Maar ik zou haar nooit zo gek krijgen dat ze weer met zo'n walgelijke pop op haar arm ging staan. Ik moest het maar uit mijn hoofd doen. En dat deed ik ook. En zo kun je zien dat huiselijke omstandigheden een belangrijke rol kunnen spelen bij de ontwikkeling van de kunst. (Lard pour l'art.) Want ik maakte een meer dan levensgrote gebogen figuur, helemaal open, die een rudimentair kind, meer een soort schepsel, van de grond pakte. Het beeld drukte meer een moederlijk gebaar uit dan dat het nog iets met een vrouw met een kind te maken had. Zonder borsten, het lijf een gat waardoor je direct het gras moest kunnen zien waarin het zou komen te staan en het gezicht zonder menselijke expressie. Een gebalde vuist naar de aarde. Olga vond het prachtig. Ze was er enthousiast over. Te enthousiast. Omdat het niets met haar te maken had. Misschien omdat ze vond dat het met geen enkele moeder en kind iets te maken had. Daarom sloofde ze zich verschrikkelijk uit toen het in gips gegoten moest worden. Ze liep met een doek om haar hoofd geknoopt en haar gezicht en armen onder de witte spetters in een spijkerbroek en een jak rond en zag eruit als een metselaar, een stucadoor en een vrouwelijke bouwvakarbeidster uit Rusland. Ze hielp me met het invormen, de klei uit de vormen halen, emmers met gips aanmaken. Die schat! Alle naadjes en plooitjes van haar lichaam waren wit. En haar rooie haar zag grijs van het stof. Toen het beeld in brons gegoten en geplaatst was kreeg ik een uitnodiging om de opening van het gebouw, door de koningin, bij te wonen. Dat het de bedoeling was dat *'de kunstenaar op de plaats van zijn prestatie zou worden voorgesteld aan Hare Majesteit'*. Olga en ik moesten hier erg om lachen, want we hadden heel wat afgenaaid op het atelier in de schaduw van het beeld en we verwisselden steeds de ene prestatie met de andere. Ze ging meteen een nieuwe jurk maken. Ze sneed hem zo diep uit dat ze steeds naar me toe kwam, een beetje naar voren boog en vroeg of ik iets kon zien. 'Alleen maar de tepels,' zei ik dan. Want dat was zo. Op de dag van de opening stonden we dus in de warme herfstzon bij mijn beeld te posten. En ze zag er zo mooi uit dat ik geen flikker aan mijn beeld vond. We zagen de koningin achter de ramen door de verschillende afdelingen van het gebouw schrijden omringd door een stoet in jacquet gestoken dribbelende maraboes die steeds een paar stapjes terug deden om haar maar voor te laten gaan. Als moest zij uitproberen of de vloer het wel hield. We zagen haar even later over het terrein lopen, bij de vijver verpozen en wuiven leek het wel naar de pelikanen op het eilandje. En ik geloof waarachtig dat ze terug knikten met die stofzuigerzakken. Misschien kwam dat ook wel omdat hare majesteit weer iets wilds met veren op haar hoofd had. Dat ze een soortgenoot in haar meenden te herkennen. En toen kwamen ze onze kant op. Olga stond als een boegbeeld naast me met driekwart van haar borsten op het presenteerblad van haar torselet. Maar toen de stoet zwarte mieren met hun koningin vlakbij was, gingen ze in een grote boog om ons heen. Later, op het terras, toen de koninklijke gast allang in een glimmend-zwarte hofauto was afgevoerd, en iedereen dus net zo inhalig sherry kon hijsen als hij wilde, en Olga even naar het toilet was zodat ik alleen in een hoekje stond, kwam een kleine bedrijvige inquisitieachtige ceremoniemeester naar mij toe. Hij keek mij misprijzend aan en zei: 'U begrijpt dat wij onder deze omstandigheden u niet aan hare majesteit konden voorstellen.' Toen ik verwonderd mijn wenkbrauwen optrok, voegde hij er fluisterend bij: 'Zoals de dame die zich in uw gezelschap bevindt gekleed is, gaat alle perken te buiten.' Toen ik, een paar jaar nadat ze bij me weggegaan was, toevallig langs dat beeld kwam, stopte ik en ging ertegenover aan de kant van de sloot zitten omdat het hek naar het gebouw gesloten was. Ik zag die hele septemberdag weer voor me. Hoe ze daar stond in die strakke jurk met die tieten van haar er bovenuit als dahlia's op een drijfschaal. Hoe mijn beeld erdoor verbleekte. Een levenloos stuk abstractie dat niets van haar bewaarde. En het sloeg ineens door me heen dat ik met dit beeld haar angst gestalte had gegeven. Haar angst voor het moederschap. Dat het geen vrouw was die een kind optilde maar van zich afstootte naar de aarde. Dat het kind met zijn volume precies het gat zou kunnen vullen in het lichaam van die vrouw. En dat het nu wel met haar te maken had, zoals ik haar kort daarvoor ontmoet had. Zoals ze geworden was. Gehavend, na twee abortussen door een groezelige omsteekster, een eierstok eruit en doodvermoeid van het op de loop gaan voor zichzelf. En ik schrok van het beeld dat ik toen gemaakt had. Waarbij ze me zo zorgeloos en gelukkig had geholpen. Want ik moet ontstellend helder in de toekomst hebben gekeken. Maar wat mijn handen al wisten had ik zelf te laat begrepen. Te laat om haar nog te kunnen helpen.

Peel me a grape

Natuurlijk was ze ijdel. Wat wil je, als de mensen bijna onder de tram lopen om je na te kijken, je bij het boodschappen doen gevolgd wordt door een concert van claxons en de vrouwen uit de buurt je het liefst als heks zouden verbranden omdat hun mannen met hun hand in hun broekzak achter de ramen blijven staan tot je van de slager terugkomt. Als ze schoenen ging kopen in de Kalverstraat bij Bata International kocht ze ze vaak te klein. Dan zei ze dat haar voeten opgezet waren van het winkelen. Ik zag dan al aan de vleeskussentjes op haar wreef (de ondertieten) dat het mis was. Als ze dan later met pijn liep zei ze dat ik toch gelijk had. Dat ze net een van de stiefzusters van Assepoester was. Dan draaide ik de bankschroef open en zei dat ik wel een stukje van haar hiel of grote teen af wilde halen met de ijzerzaag. Of ik zat haar met een vlijmscherp draadtangetje achterna. En een keer, toen we op een zondagochtend om vier uur van een nachtconcert – Jay Jay Johnson en Lee Konitz – naar huis liepen stond inderdaad het bloed in haar schoenen. En de duiven koerden wel als gekken in de bomen van de Van Baerlestraat, maar niet dat ze de echte bruid niet was. Eerst liep ze een poosje krom van de pijn op haar blote voeten, maar dat kon ze niet lang volhouden. Ze was trouwens bang dat ze met haar kapotte blaren in een groengele fluim van een oud mannetje zou trappen. Ik zei dat ik haar naar huis zou dragen. Ze wilde eerst in mijn armen komen hangen met haar mollige lijf. Maar dat kon natuurlijk niet. Ik was geen Johnny Weissmuller en zij trouwens geen Jane. Toen deed ze haar strakke rok omhoog en sprong op mijn rug. En iedere keer als er zo'n halfdronken nachtbraker in zijn auto voorbijkwam stopte hij en liet ons nog eens langskomen. Want dat kleine zijden dingetje van haar was helemaal tussen haar grand canyon verdwenen zodat het leek of ze in haar blote kont zat en dat was zelfs voor iemand die ziek van de slaap en half misselijk van de drank was een onweerstaanbaar gezicht in het eerste roze licht van de nieuwe zondag. Iets om je ogen niet te geloven. In die tijd gingen we naar alle jazzconcerten, ook al moesten we er soms een week lang geen vlees voor eten. Art Blakey and the Jazz Messengers met Lee Morgan op trompet. Het Miles Davis Quintet. Jazz from Carnegie Hall: Dizzy Gillespie, Roy Eldridge, Stan Getz. Het Sonny Rollins Trio. Max Roach and his All-Stars. Tientallen maaltijden van alleen maar groente met aardappelen. Als we er vandaan kwamen op een tijd dat alleen de vissers eropuit trokken, en ze had geen te kleine schoenen aan zodat ze op eigen benen kon staan, deden we, om die ellendige trottoirtegels niet zo traag onder onze voeten te zien wegschuiven, het spel Welke Auto Koop Ik Voor Je Als Ik Rijk Ben. In de lange Churchill-laan. Ze zei dan bijvoorbeeld bij een armzalige Volkswagen: 'De tiende auto na deze krijg ik van je als je beroemd en rijk bent.' (Want ze dacht zeker dat ik dat binnen een paar jaar zou zijn.) Als het dan een Citroën DS was of een Jaguar, was ze uitgelaten als een kind. Ze gaf me een zoen op allebei mijn wangen alsof ik hem net voor haar daar had neergezet. En als het een armoedig sloopengeltje met roestig karkas of een kreukelaartje was, zei ze, dat we ons vergist moesten hebben met tellen. Dat we opnieuw moesten beginnen. Want dat zij toch niet met haar Franse handwerkschoenen van Charles Jourdan van honderdvijfentwintig gulden in een vehikel kon kruipen dat nog geen vijftig gulden schrootwaarde bezat. We hebben dat spelletje in verschillende buurten van Amsterdam gespeeld want we gingen veel naar feesten. En ook altijd naar de nachtvoorstellingen van de filmliga in Kriterion. Ze had niet veel anders gezien in dat provinciaalse bioscoopje in Alkmaar dan Romy Schneider in Sissi de Jonge Keizerin en High Society met Louis Armstrong. (Ze zong daar nog vaak uit als ze andijvie stond te wassen of aardappelen zat te schillen: Wat zou je zeggen van een ton? Ik niet. Waarmee je alles kopen kon. Ik niet.) Ze was zo verbaasd over die hele wereld van de film. Ze begreep niet dat zoiets bestond. En ik was voor haar de tovenaar die het allemaal tevoorschijn bracht. De immense decors uit Intolerance van Griffith. De koppen van de Assyriërs die je na afloop tussen de banken wilde gaan zoeken, zo echt rolden ze de zaal in. Ze kroop tegen me op als we zaten te griezelen om Conrad Veidt of Boris Karloff. Of als het scheermes vlak bij dat uitpuilende oog was en de camera naar de maan draaide waar een dun sliertje wolk langstrok, in Un Chien Andalou. Om een ijskoude kreet te slaken. Het blazen van die kale Mongool in die prachtige bontvos in Storm over Azië deed haar denken aan het bontjasje dat ik haar gegeven had in het begin. Toen ik stond te liften en ze me meenam. Ze vond dat ik net zo inhalig had gekeken. Niet naar het bont maar naar haar. Maandenlang hebben we bij bepaalde situaties Om

Een Lepel Soep geroepen, toen we Potemkin hadden gezien. Maar het mooist van alles vond ze Citizen Kane van en met Orson Welles. Vooral als die oude man op zijn sterfbed ligt en hij laat dat glazen bolletje met dwarrelende sneeuw uit zijn stervende handen vallen en mompelt ROSEBUD. En iedere keer als ik thuis op de divan ging liggen met een tennisballetje en dat uit mijn handen liet vallen en natuurgetrouw stamelde rosebud, was ze bijna in tranen. (Zeker omdat ze dan aan het sterfbed van haar vader moest denken. Ik heb haar nooit gezegd dat het laatste wat hij zei die mop was over die jongens die naar Parijs gingen. Misschien als het zoiets moois geweest was als rosebud, als het bijvoorbeeld boterbloemknopje was geweest, dat ik het wel gezegd zou hebben. Maar het leven is bij god geen film. Die jongens die gingen niet.) Waar ze het meest om gelachen heeft was om die film met Mae West, waarin ze aan de deur van haar huis heel kakkineus behandeld wordt door een rijke dame die komt vragen of ze haar man met rust wil laten en dan uit reactie als ze weer in haar kamer komt, gebiedend tegen het dienstmeisje roept: 'Peel me a grape.' En toen ik in plaats van rijk en beroemd doodarm en berooid werd en in de contraprestatie kwam te zitten omdat dat stelletje lapzwansen in Den Haag de boel weer in het honderd hadden laten lopen en het lek door de bewapeningshysterie in de begroting gestoten met een bestedingsbeperking wilden dichten, zei ze vaak met een elegant handgebaar als ik haar de paar tientjes voor het huishouden waarmee ik van de steun kwam toestopte: 'Peel me a grape.' En ze ging er welgemoed wat bij verdienen. Plastic babyonderbroeken lassen bij een bedrijfje in de buurt voor een gulden per uur. En als ze dan van acht tot twaalf gewerkt had en ze kwam met plasticgruis in haar haren en verkrampte vingers van het mechanische werk maar met vier zelf verdiende guldens thuis, was ze er trots op dat ze het eten van die dag voor ons zelf verdiend had. En als ze haar geld een paar dagen had laten staan en ze werkte er zaterdagsmorgens ook nog bij, kwam ze vaak thuis met een kwart flesje jenever, een grote fles cola en een halfpondje zoute pinda's. Dan zaten we 's middags gezellig voor de open deuren van het atelier te drinken en te knabbelen en naar platen van Parker, Miles Davis en Sonny Rollins te luisteren, die ik van het materiaalgeld dat ik eens in de drie maanden kreeg had gekocht. Slow boat to China, How are things in Glocca Morra, Sipping at Bells, Chasing the Bird. Toen ze op de Sociale Verzekeringsbank ging werken en veel meer ging verdienen bracht ze aan het eind van de week altijd een paar plantjes mee. Vooral cactussen. Ze maakte er op de vensterbank een heel opstandje voor. Een soort kleine tribune. Alsof die dikke waterige dingen vooral goed moesten zien wat er op straat gebeurde. Rechtopstaande stekelige komkommers, liggende sappige augurken bedekt met zilvergrijs haar. En vooral levend steentje. Gewoon een brokje van iets (van iets vies) met worteltjes. Ze was er gek op en kon er uren naar zitten kijken alsof ze een ballet voor haar opvoerden. Maar ik vond het net rotte tepels of de kut van een oude teef. (Toen ze bij me weggegaan was en ik die cactussentroep, nadat ik er weken niet naar had omgekeken, weer eens water wilde geven, was het al te laat. Ze waren verdroogd en in elkaar gekrompen en zagen eruit als kroketten die een maand in de Sahara hadden gelegen.) Op dat kantoor waren ze in het begin erg enthousiast over haar, maar op den duur was ze er niet te handhaven. Ze kon de verdienstenderving die ontstond door haar uiterlijk niet goedmaken door haar ijverig bureauwerk. De chef van haar afdeling stuurde haar steeds met zogenaamde dossiers door het hele gebouw heen naar chefs van andere afdelingen. En toen ze een keer op de gang zo'n map openmaakte zat er alleen maar een velletje schrijfpapier in waarop met ballpoint geschreven stond: *'Beste Arie, Hier is het lekkers. Bekijk het maar eens goed. Wat een snuitje, hè! Let vooral op als ze loopt. Hup, hup, hup. Je begrijpt wel wat ik bedoel. Willem.'* En dan gingen ze meestal weer een kwartiertje naar de wc. En zo moest ze wel verdwijnen, had ze niet de hele uitkeringsmachine aan psychisch gestoorden en andere invaliden in de zin der wet zoals dat heet, in het honderd willen sturen. Toen was het voor een poos uit met de jenever en de jazz. Maar ik vond het fijn dat ik haar nu weer de hele dag om me heen had en zij kon erg goed tegen de armoede. Ze vond het gezellig en knus, zoals ze me eens zei. Want dan kon ze weer laten zien wat ze van een gerookte bokking en een paar tomaten, peterselie en een hard gekookt ei wist te maken. Maar als ze het soms niet kon uithouden omdat ze zin had in iets lekkers, vroeg ze als een klein meisje: 'Mag ik taartjes maken?' Dan kocht ze vers brood en een half pakje roomboter. Met een snoeilustig gezicht ging ze dan aan tafel zitten, smeerde een dikke laag boter wellustig op een boterham uit en strooide daar een centimeter chocoladekorrels op en daar overheen gestampte muisjes. Winter in snoepland noemde ze dat. Of ze metselde de halve pot aardbeienjam op twee boterhammen, daaroverheen chocoladevlokken en dat afgedekt met een roze plakje kokosbrood. Met haar grote mond vol jam en korrels zat ze dan ondeugend en samenzweerderig te genieten. Want taartjes maken dat mocht ze vroeger altijd van haar vader als ze tussen de middag uit school kwam en haar moeder weer eens bij vriendinnen was. Dan begon hij zelf met zijn rantsoen van twee dunne boterhammetjes en twee plakjes kaas dat ze al op het aanrecht voor hem had klaargezet. Maar als hij dan zo naar het gesmul van Olga zat te kijken, kon hij het niet langer houden en zei fluisterend alsof zijn kwade genius achter de deur stond te luisteren: 'Maak voor mij ook maar een taartje.' En als hij er dan drie of vier gulzig naar binnen had gewerkt veegde hij de korrels van zijn bord op dat van Olga en zei: 'Niet tegen mammie zeggen hoor.' Taartjes mocht ze bij mij dus zoveel eten als ze wilde, maar in plaats van naar jazzconcerten en films gingen we de natuur in die niets kost aan entree. Naar plaatsen die later allemaal bijna tegelijk met haar verdwenen zijn. Opgespoten met zand en volgebouwd met flats. De Zuidelijke Wandelweg met de oranje tennisbanen achter de hoge vlieren en vervallen loodsen en onduidelijke schuurtjes. De schooltuintjes met de kinderen wroetend in de venige zwarte aarde tussen de bedjes met groente. De witgekalkte kassen, slordig, alsof er een reigerkolonie boven in de bomen zat. De bloemen die je er zelf mocht plukken voor vijftig cent. Zoveel als je kon dragen. (Hier kreeg ik het idee om die grote Persephone van haar te maken.) Het landje waar in de herfst gulden roede tussen het riet stond waar jongetjes grote bossen van meenamen voor hun moeder als ze natte modderpoten hadden gekregen. En waar altijd wel een paar jongens vanuit een zelfgebouwde hut riepen, als we gearmd voorbijkwamen: 'Hé, ga der even lekker zoenen, zeg!' En een keer lacherig, zodat we dachten dat het een grap was: 'Meneer en mevrouw, er is hier een man die aan onze piemel wil zitten. Is dat nou niet vies.' Maar toen zagen we ineens een miezerig ventje door het riet naar zijn fiets schuiven en er als een haas vandoor gaan. De Buitenveldertse Wandelweg door het lage drassige weiland met de heldere slootjes waarover je in gedachte ook in het hartje van de zomer gebogen donkere figuren vanuit de stad op de schaats zag uitzwermen over de polders. De met griendhout begroeide bocht waar de banken stonden en waar ze zo vaak met haar schoenen uitgeschopt helemaal languit met haar hoofd op mijn schoot in de zon heeft liggen luisteren naar de geluiden die gedempt door de struiken uit de volkstuintjes kwamen. Tenminste als er geen mannetje zat te wachten op de eenzaam voorbijfietsende verpleegster om zijn lul aan te laten zien. En dan de Dijk waar bijna altijd veel te veel voyeurs waren voor de aanwezige vrijende paartjes zodat het soms was of een cameraploeg bezig was een liefdesscène op het celluloid vast te leggen. De bocht in de rivier van bovenaf waar de vrachtboten met hun dekken vol rooie kratten of oranje olievaten schuin door wegschoven en de reigers ver beneden je in dezelfde kleur als het water over de golfjes zeilden en de stemmen opklonken van de roeiers alsof ze vlakbij waren. De bomen van Amstelrust opzij in de verte waaruit soms een hele kolonie kraaien de lucht inging alsof de kruin van een boom ineens luchtig uitdijde. Daar op die punt bij de rivier heeft ze een keer acht waterijsjes achter elkaar opgegeten die ik voor haar had gekocht bij de ijsman voor de roestige fietsenstalling naast het Mirandabad. Ze kreeg er natuurlijk pijn in haar buik van en moest voorovergebogen met haar handen tegen haar maag gedrukt naar huis terug. Al die kleine gewone dingen wist ze jaren later nog, toen alles tussen haar en mij al hopeloos voorbij en verloren was. Toen ze zomaar eens even aanwipte. Ik dwong haar gewoon om met me in het donker naar de Dijk te wandelen. Ik was er zelf ook in jaren niet meer geweest. Hij was al bijna helemaal geëgaliseerd met het opgespoten land eromheen. De hoge ligusterheggen waren verdwenen en er liepen diepe sporen van bulldozers door de aarde. Er brandde een vuur van oude koffers en kapotte crapauds en van alles wat er na verloop van tijd op landjes verzeild raakt. Ze ging er zo dichtbij staan dat haar huid strak trok van de hitte en zei: 'Vuur is het mooiste dat er is.' En toen keken we naar die opstaande schermen van verlichte ramen en ik probeerde haar te wijzen waar alles geweest was maar ik wist het zelf ook niet meer. Op de terugweg zei ze dat we op één januari zes jaar geleden lamsvlees met sperzieboontjes hadden gegeten. En abrikoosjes toe. En ik moest denken aan een zin uit een brief van een vriend toen ze er pas vandoor was gegaan: 'Jullie leefden beestachtig gelukkig, en daar is gewoon een eind aan gekomen.'

Een muis met een trauma

Ze was niet bang voor muizen of spinnen. Toen de kat op een zomeravond binnenkwam met een muis in zijn bek – alleen de staart stak in een sierlijke kronkel naar buiten zodat hij op Salvador Dali leek – pakte ze hem meteen af. Hij wilde er zeker mee gaan spelen want het beestje mankeerde niets. Hij was alleen drijfnat van het kattenkwijl en zijn ene oor zat helemaal verfrommeld tegen zijn kopje. We zetten hem op wat krantensnippers in een emmer en lieten hem zo even bijkomen. Toen we na een paar uur gingen kijken zat hij met een prachtig luchtig bontpelsje – je zou er bijna in geblazen hebben zoals die Mongool uit Storm over Azië, zo mooi was het – op zijn achterpootjes zijn snuit te wassen. Ook zijn oor was helemaal uit de frommel en hij at meteen stukjes brood uit mijn hand. We wilden hem nog wat laten bekomen van de schrik en pas de volgende dag vrijlaten. Toen we de volgende morgen nog een laatste blik wierpen op Jonathan, zoals Olga hem noemde, voor we hem zouden loslaten kwam ineens de kat nieuwsgierig tussen ons in, ging met zijn voorpoten op de rand van de emmer staan en loerde naar beneden. En meteen, alsof er aan een peesje getrokken werd zoals bij een afgehakte kippenpoot, zat het oor weer verkreukeld tegen zijn kop. Toen we de kat wegduwden verdween het als bij toverslag. Olga wilde hem nu houden omdat ze het bijzonder interessant vond om een muis met een trauma als huisdier te hebben. Maar na een paar dagen kon ik haar ertoe bewegen om het diertje dat steeds in de emmer omhoogsprong en dan met een plofje weer terugviel, in een muizenholletje onder het aanrecht te duwen. Later heb ik gehoord dat hij waarschijnlijk een verschrikkelijke dood gestorven is. Dat muizen iedere vreemde soortgenoot die hun domein binnendringt van kant maken. En dat niet door even zijn keel af te bijten, maar ze beginnen gewoon ergens te eten want dat vreemde element moet zo gauw mogelijk verdwijnen. (Wat de muis niet kent eet hij.) Ze zeggen wel dat mensen die geen kinderen kunnen krijgen of ze om de een of andere reden niet willen hebben, compensatie zoeken voor dat gemis bij dieren. Olga was nog geen maand bij me of ze wilde een poes. Toen ik een keer op de Albert Cuypmarkt groente ging kopen zag ik een klein katje tegen het raam van de dierenwinkel op staan. Ik zette mijn fiets neer en bekeek het pluizige diertje aandachtig. Het was rood-zwart gevlekt, een kleur rood als van Olga's haar. Het had een licht puntje aan zijn staart en er liep een licht streepje van zijn voorhoofd naar zijn neus. Daardoor leek het net een snolletje. Maar het profiel van zijn kopje was zo nobel als dat van een tijger. Nu we het toch over muizen met trauma's hebben gehad kan ik gerust zeggen dat het die gespletenheid in zijn karakter was die door zijn uiterlijk zo manifest werd, die me deed besluiten het diertje voor haar te kopen. Omdat hij, dacht ik, op haar leek. En ook natuurlijk omdat hij zo klagend miauwde toen ik tegen het raam tikte en omdat alleen maar gescheiden door een stuk gaas naast hem drie gehaktballenhondjes zaten die wild ravotten en hem bang maakten. Voor een rijksdaalder werd hij mijn eigendom. Ik stopte hem onder mijn jak op mijn borst omdat het regende. Onderweg kroop hij over mijn schouder naar mijn arm. En toen ik met hem thuiskwam en tegen Olga zei dat ze even moest gaan zitten omdat ik een verrassing voor haar had, kon ik hem zo uit mijn mouw op haar schoot schudden. Ze omhelsde mij met het katje tussen ons in en ging meteen een borsteltje voor een glanzend pelsje kopen en aparte bakjes voor vlees en vis en kattenbrood. Na een poos was de kat zo aan haar gehecht dat hij nog eerder dan ik aan haar klikkende hoge hakken en driftige stappen hoorde dat ze er aankwam. En als ze de deur achter zich openliet als ze boodschappen ging doen liep hij met haar mee en bleef op de hoek van de straat zitten wachten tot ze terugkwam. (Toen ze al een jaar weg was, liep hij nog steeds naar de deur als hij hoge hakken in een driftig ritme hoorde aankomen, en dat heeft me in het begin vaak in verwarring gebracht. Dan trilde ik van spanning omdat ik dacht dat ze terugkwam. Maar ze gingen altijd voorbij, die voetstappen. Ineens stopte de kat ermee, hij had het opgegeven. Ik geloof wel dat hij meer geleden heeft onder haar plotselinge verdwijnen dan ik.) Rooie Olga. Olga van de dieren. Potnia theiroon, heerseres over de dieren, zoals onze kunstgeschiedenisprof uitlegde bij een afbeelding van Artemis die in iedere hand een katachtig wezen aan het nekvel optilt. Je zou inderdaad haar leven bij mij op zevenmijlslaarzen aan de hand van gebeurtenissen met dieren kunnen doorstappen. Te beginnen bij de katten. Want dat werden het algauw. Toen de poes eenmaal volwassen was werd ze twee keer per jaar zwanger. Mandjes vol jongen. Kleine rode katertjes, zwarte poesjes en alle schakeringen daartussenin. De kat vadsig op zijn zij met die rode tepeltjes en dan het hele stel zich maar laveloos drinken. Maar een keer, op zo'n benauwde augustusdag dat de warmte boven op je lijkt te gaan staan, toen de kat alweer aan het bevallen was, haalde ze er zelf het laatste jong uit dat was blijven steken. Maar de kat bleef maar liggen hijgen, steeds sneller, en had helemaal geen interesse voor zijn jongen. Midden in de nacht moesten we met een taxi naar de dierenarts. Toen bleek dat er nog een jong in zat dat dood was en door de warmte al tot ontbinding overging. Hij moest meteen geopereerd worden. Met mijn arm zat ik om haar kleffe lichaam heen in die broeierige wachtkamer waar ineens een geur van ether van de gang binnendrong. Ze kromp in elkaar toen ze het rook want we wisten dat het begonnen was. Plotseling was er een enorme donderslag en de populieren in de duisternis achter in de tuin gingen zwaaien zonder dat je merkte dat er wind was. Toen kletterde ineens de regen neer. Ze dacht beslist dat het mis aan het gaan was, dat de dokter hem niet meer zou kunnen redden. Dat kwam door het onheilspellende onweer en de bliksem die steeds de tuinen helwit verlichtte zodat je een fractie van een seconde al die boompjes zag die je nog nooit eerder van je leven had gezien. Alsof er weer behoorlijk gemickeymoused werd in een dramatische B-film. Maar ineens stond de dierenarts lachend met een bebloed voorschoot voor zijn streepjespyjama in de deuropening. We mochten even naar de poes kijken. Hij lag in een kooi gewoon op het zink. Nat en verfomfaaid en nog niet bij kennis. Op zijn buik zat een kale bleekroze plek en daar was het vlees bij elkaar gehaald zodat het op een blinde vink leek. De dierenarts zei dat we hem over een week mochten halen en voordat we weggingen omhelsde ze hem en gaf hem op iedere wang een klinkende zoen omdat hij zijn nachtrust ervoor had opgeofferd. Ik geloof dat hij die toen helemaal kwijt was. Dat was de kat. Nu de duiven, want daar kwam ze een keer mee aan van de pluimveemarkt op het Amstelveld. Twee zandkleurige tortelduiven met een zwarte band onder de kop. Ik ging er meteen een hok voor maken met blauwe zitstokken en schelpenzand op de bodem. In het begin vond ik het wel leuk dat gekoer en het was een geil stel want ze naaiden vaak nog meer dan wij. En erna lachten en giechelden ze wellustig, zodat je er zelf ook weer zin in kreeg. Het had ook wel iets poëtisch. Een jong verliefd echtpaar op bed. Hun naaktheid half door de lakens bedekt en dan dat gekoer van die duiven. Maar het liefdesgedoe van die lawaaischoppers had wel zijn normale verloop, want binnen een paar maanden zat het wijfje op twee witte eieren te broeden. Olga kon maar niet van de eieren afblijven. Ze moest er steeds aan luisteren en op een dag hoorde ze zachtjes tikken, zei ze. En ze dacht dat er prachtige kleine bevederde vogeltjes uit zouden komen. Een soort mollige winterkoninkjes of kleine kuikentjes. Maar toen lagen er op een ochtend twee van die walgelijke kale darmenzakken met van die prehistorische koppen in het nest. Ze was verschrikkelijk teleurgesteld. En ze werd er misselijk van als de ouders met van die kokhalsgeluiden het halfverteerde voer in ze opbraakten. Ze gingen er steeds afschuwelijker uitzien naarmate ze groter werden. Ze werden met de dag blauwer en ouwelijker en je zag die darmen en aderentroep erdoorheen woekeren als een ziekte. Toen moesten ze weg van haar. Ik weet waarom. Ik heb het haar nooit gevraagd, maar het was beslist om die kankertiet van die moeder van haar. Want daar moest ik ook steeds aan denken als ik die door een rimpelig vlies bij elkaar gehouden ingewandenkluwen zag. Toen er op een keer een vriendin van haar kwam die er weg van was, deed ze ze meteen met verlies van de hand. En ze heeft het nooit meer over die geile lachebekken gehad. Na de duiven kwamen de boomkikkers. Zo groen als mos en ze hielden tenminste hun bek. Soms blies er wel eens eentje een vuilwitte blaas onder zijn keel op maar tot gekwaak heb ik het nooit horen komen. Ze had ze in een glazen bak waar ze een paar keer in de week verse takken met bladeren in zette en voerde ze meelwormen en tubifex die ze in een pot in stromend water onder de kraan zo lang mogelijk probeerde goed te houden. Soms kon ze een hele poos naar die roze bewegende klont met allemaal van die trileindjes zitten kijken en ze zei eens, dat als je een ziel zou hebben, hij er ongeveer zo uit moest zien. Toen dat geklingel van dat water, alsof de regen door de dakgoot wegliep, me een keer verveelde en ik de kraan uitdraaide, was die zeeanemoonachtige klont in één nacht veranderd in vleeskleurige modder. En zo zag je ziel er misschien eerder uit. Soms zette ze wel eens zo'n boomkikker op haar hand en liet hem dan naar een plant springen. Of we deden er een wedstrijd verspringen mee alsof het speelgoed was. Maar meestal leefden ze een vrij vergeten bestaan voor het raam van het rommelkamertje, want je kon je maar met moeite langs de kinderwagen wringen om erbij te komen. Toen ze bij me weggegaan was, en ik weken verdoofd van ellende in bed doorbracht heeft de kat het gazen deksel van de glazen bak gestoten. Ze ontsnapten, en na verloop van tijd vond ik ze zo hier en daar verdroogd tussen de rommel terug. Ze waren nog helemaal herkenbaar als kikkertjes maar zo hard als celluloid. Toen kwam een eendagsvlieg. Het wezeltje. Ik zag het lopen toen ik mijn hoofd naar buiten stak om de hoek van mijn atelierdeur. Ik zat er meteen achteraan. Achter die snelle bruine streep die verdween in een deur die op een kier stond. Toen ik voorzichtig de deur iets verder opendeed en naar binnen keek, gluurde een klein kopje met twee donkere oogjes vanachter een stoffer en blik naar me. Ik riep Olga, pakte een lege vuilnisbak van de stoeprand en zei dat ze die voor de kier van de deur moest houden als ik in het portaal was gegaan. Als ik riep moest ze hem snel rechtop zetten en het deksel dichtslaan. Toen ging ik naar binnen. Weer keek dat slimme kopje even naar me maar verdween meteen. Ik sloop naar de hoek en tikte tegen het stoffer en blik. Een bruine schicht schoot naar de deuropening. Ik schreeuwde naar Olga en hoorde meteen het deksel van de vuilnisemmer slaan. In de snelheid waarmee alles had moeten gebeuren had ze niets gezien. We wisten niet of het wezeltje erin zat. We namen de vuilnisemmer mee naar het atelier en toen ik hem daar opendeed sprong hij er wel een halve meter bovenuit. Maar gelukkig recht omhoog zodat hij met een plof terugviel in de emmer. Deksel er als de bliksem op, een dot watten met ether erin en even later hield ik het beestje met zijn witte buik als een vette stropdas aan zijn nekvel omhoog. We legden hem in het ouwe duivenhok en hij kwam snel bij en at meteen gehakte biefstuk die ik aan de steel van een penseel kneedde en door de tralies stak. Hij moet uitgehongerd geweest zijn want hij at het hele biefstukje achter elkaar op. Olga wilde hem houden en ze had bijna het deurtje opengedaan om hem even te aaien. Maar ik zei dat ze dat maar moest laten want dat ze al die tien vingers van haar hard nodig had bij het lassen van die plastic babyonderbroeken. Dat je zo'n roofdiertje niet in een kooi moest houden want dat dat een marteling voor het beest was. Ik ging meteen een glazen bak bij de buren halen waarin ik hem gemakkelijk op de fiets zou kunnen vervoeren om hem ergens buiten vrij te laten en Olga zou ondertussen een oogje in het zeil houden. Toen ik terugkwam was ze wanhopig. Ze had even de post uit de brievenbus gehaald en toen ze weer in het atelier kwam was hij ontsnapt. Ik kon het gewoon niet geloven. Er zat maar één centimeter tussenruimte tussen de tralies en nergens waren ze verbogen of zag ik haartjes uit zijn pels zitten. We gingen meteen het hele atelier doorzoeken maar zagen geen spoor meer van hem. Ik dacht dat hij misschien ergens door een klein gaatje in de vloer ontsnapt was, misschien wel door een muizenhol, maar iedere keer als ik later in mijn atelier stukken steen opzij zette verwachtte ik dat hij er helemaal verdroogd en geplet tussen zou zitten en om zou vallen als een stukje karton. Toen twee jaar later de grote radiator van de centrale verwarming van zijn plaats gehaald werd omdat hij geschilderd moest worden en Olga alle rotzooi die er in de loop der jaren achter gekomen was eindelijk kon opruimen – stukken kalksteen van voor de oorlog nog, roestig draad, brokken gips, een klein stukje linnen met een paar vogeltjes in olieverf onhandig erop geschilderd – kwam ze ineens plechtig en dramatisch naar me toe lopen met iets roodbruins in de kom van haar handen. Ik schrok me rot want ik dacht dat haar haar uitgevallen was. Maar dat was wat er was overgebleven van het wezeltje. Wat perkamentachtige huid waarvan het bont losliet als je het aanraakte. Niet eens meer de moeite waard om te begraven. Het ging, met het roestige draad waarin hij verstrikt geraakt was en de andere rotzooi zonder flauwekul de vuilnisbak in. Daarna kwam een lieve kleine huisvriend, die, toen hij door een afschuwelijk ongeluk om het leven was gekomen, wel een echte begrafenis kreeg. Met bloemen en tranen en al. Achterop de fiets in een sigarenkistje. Toen ik in het Amsterdamse Bos onder een grote luchtige es een gat had gegraven met mijn handen en daar het kistje in zette en Olga er snikkend de orchidee op legde die ze van haar eigen geld gekocht had (hij kostte vijf gulden. Ze heeft er dus vijf uur plastic babyonderbroeken voor moeten lassen) en ik het zand erop gestrooid had dat me pijn aan mijn vingers deed, niet om dat lieve wit-zwarte bergeendje dat daar in elkaar getrapt in het sigarenkistje lag, maar om die orchidee die levend begraven werd, moest ik haar ondersteunen anders was ze zo op de bosgrond tussen de brandnetels gezakt. We gingen altijd met vakantie naar Ameland (in de restauratie van de trein naar Leeuwarden al kleine flesjes sherry slurpend en halfdronken op de boot in Holwerd) waar we op een camping vlak achter de duinen een tenthuisje huurden, dat tot aan je schouders uit witgekalkt hout was opgetrokken en verder van tentdoek was zodat er een wonderlijk licht binnenkwam. Theekleurig en warm als de zon scheen en als de lucht bewolkt was zag het eruit als ijspepermunt. Er waren kilometers strand waar niemand kwam dan wij tweeën, waar we de hele dag naakt liepen en waar ze met haar mooie kont lekker in een ondiepe plas op me kon zitten rijen. Of zich kon laten naaien op een zandbank in de zon tussen blaasjeswier en blauwe kwallen met een paars randje als aan een onderjurk. Daar heb ik ook die foto van haar gemaakt waar ze op haar rug ligt in het mulle zand met wilde roosjes in haar haren die ik erin gestoken had en met haar borsten recht omhoog waarvan iemand eens vroeg: 'Bestaat dat?' (Ik gaf daar toen geen antwoord op, want ze was allang bij me vandaan en die borsten van haar, die heerlijke harde en toch weke dingen, waren door haar stomme, slordige leven, haar zuipen en nachtbraken ook al helemaal verlept.) En daar in de duinen vond ze dat kleine bergeendje. Hij liep meteen achter haar aan zoals ik wel eens gelezen had dat ze doen als ze hun moeder kwijt zijn. Het eerste levende wezen dat ze dan tegenkomen is hun moeder, of het nou een mooie vrouw is zoals Olga of een schelpenvisser met kromme behaarde poten en groezelige nagels van het zeewier. Dat had dat lieve pluizige zwart-wit getekende beestje dan getroffen. In het postkantoor van Nes belde ik meteen een bioloog op die zei dat ze wel in leven te houden waren met stukjes verse vis en garnalen. Maar dat ze 's nachts moederwarmte nodig hadden. En dat was het moeilijke, want je kon ze 's nachts wel op je borst laten slapen, maar dan werd je bescheten wakker. Bij de moeder slaapt het hele stel onder haar met de achterwerkjes naar buiten. Als er een moet schijten geeft hij een piep en voor het drab eruit spuit richt de moeder zich even op zodat haar veren niet als pleepapier dienst hoeven te doen. Ik vertelde het hele verhaal aan Olga die met haar armen wijd en het eendje ertussen heen en weer lopend aan tafel zat. Ze zei dat ze het er best voor over had. En zo sliep ze iedere avond op haar rug met dat beestje tussen haar borsten. (Soms, als ik vroeg wakker werd en ik zag haar zo liggen was het net of ze drie borsten had. Twee gewone, van lekker roze mensenvlees en een voor de winter ertussenin bekleed met pluizig bont.) Voor het slapen gaan draaide ze een doekje om zijn staartstuk en meestal ging dat ook wel goed, maar soms woelde hij zich eruit en dan werd ze wakker met een paar borsten die eruitzagen als de uier van een geit die in de modder gelegen heeft. Met die bevuilde blote tieten rende ze dan in alle vroegte dwars door het sluimerende tentenkamp naar zee en spoelde ze af in het zilte nat, waar ik al bezig was, met een garnalennet, kleine tongetjes, scholletjes en garnalen voor het bergeendje te vangen. En als er een paar bergeenden zo statig en krachtig vliegend overkwamen zei ik tegen haar, dat hij zo zou worden. Dan werd ze treurig, want ze wist dan dat ze hem eens vrij zou moeten laten. En daar werkte hij zelf hard aan mee want hij groeide zo snel dat we een kistje nodig hadden om hem mee naar Amsterdam te nemen toen de vakantie om was. Hij had kleine vleugeltjes gekregen waar hij, met zijn lijfje uitgerekt, parmantig mee kon fladderen alsof hij de wieken van de vrijheid alvast aan het beproeven was. En hij liep Olga overal achterna. Zelfs over straat als ze naar de bakker ging liep hij mee en veroorzaakte verkeersopstoppingen. En in het atelier, waar ik werkte aan een beeld van haar met een kat in haar armen, liep hij, als ik de klei van het beeld had natgespoten, in de plassen op de vloer te trappen alsof er zeepieren uit het beton omhoog zouden kunnen komen. En daar is het noodlottige gebeurd. Terwijl ik achteruitliep om van een afstand naar het beeld en Olga te kijken trapte ik op hem. Er klonk een gekraak of er een houten raamwerkje in hem zat. Stuiptrekkend lag hij aan mijn voeten en Olga kromp met een schreeuw in elkaar. Ze heeft de hele dag met het dode diertje in de holte tussen haar lichaam en haar opgetrokken benen tegen de muur zitten huilen.

Soms ging ik naast haar zitten en sloeg mijn arm om haar heen en griende met haar mee. Maar ze was ontroostbaar. En ik geloof dat daarom dat beeld van die vrouw met die kat zo innig is geworden. Want ze stond zo droevig te poseren en het liet haar maanden niet los. En in tegenstelling met het beeld van die vrouw met kind dat ik vroeger van haar gemaakt had en waar een van de commissieleden van had gezegd, dat het wel leek of die vrouw bang was van dat kind, zei bij dat beeld van die vrouw met die kat toen ik het verkocht had aan de stad Groningen iemand van de aankoopcommissie: 'Die vrouw die staat daar met die kat of ze een lief kindje in de armen heeft.' Toen Olga bij me weggegaan was heeft het gipsmodel van dat beeld door het hele land op openluchttentoonstellingen gestaan. Als ze dan weer eens aankwam na het tweede of derde mislukte huwelijk, zei ze niet zonder trots: 'Ik heb mezelf weer eens zien staan. Met die kat. In Rotterdam op de Lijnbaan.' Toen het in brons gegoten was en ik het verkocht had kwam ik op een nacht laat thuis en toen stond ze daar ineens als een witte schim voor de deur van mijn atelier. Ik schrok zo dat het een hele tijd duurde voordat ik begreep dat de bronsgieter het gipsmodel teruggebracht had en omdat er niemand thuis was het maar voor de deur had gezet. Ik moest een poos tegen het beeld geleund blijven staan voordat alle emoties gezakt waren en ik de kracht had om het naar binnen te sjouwen en neer te zetten op de plaats waar het hoorde te staan. Waar het altijd is blijven staan. Tot op de dag van vandaag.

Miss Wespentaille

Wat was er gebeurd. Met haar, met Olga. Wat was er veranderd in de loop der jaren. Of was ik blind geweest voor iets dat er altijd al was. Had ik niet gezien dat het lieve rooie dier, in het begin aarzelend en bijna niet merkbaar maar later steeds heftiger, zich uit mijn omhelzing wilde bevrijden. Dat had ik, met al mijn verlangen en wanhoop, toen ze pas bij me weg was, mezelf steeds weer afgevraagd. Want het was natuurlijk niet waar wat ik later wel eens zei, dat als ik geen telefoon had genomen ze nooit bij me weggegaan zou zijn. Ik trof haar wel steeds vaker aan als ik thuiskwam terwijl ze met haar moeder aan het bellen was. Vooral na de dood van haar vader was dat niet zo vreemd, maar dat ze, zodra ik erbij was, ineens niets meer te vertellen had en meteen de hoorn neerlegde, maakte me argwanend op den duur. En ook dat ik het later aan haar merkte. Een soort ontevreden stemming. Ze zat dan met een boek op haar schoot maar las niet. Als ik dan aan haar vroeg waar ze aan dacht zei ze: 'Zomaar, aan niets.' En dan las ze gauw verder. Maar als ik even later van mijn werk opkeek zat ze weer net zo. Onder het eten kwam dan vaak de aap uit de mouw. Een vriendin van haar was bij haar moeder langs geweest in haar eigen autootje dat ze van haar man voor haar verjaardag had gekregen. En ze had enthousiast tegen haar moeder verteld over de reizen door heel Europa die ze al gemaakt had. En de kasten met kleren waar ze maar uit te kiezen had als ze 's middags met haar vriendinnen de stad in ging. Ik kon me dan precies voorstellen hoe haar moeder dat verteld had. Die smerige listige teef. Met die poeslieve stem, zo ogenschijnlijk zonder enige bedoeling. Want ze wist ook wel dat het gif zo het beste zijn werk deed. In het begin maakte ik er dan maar een grapje over. Dat die Nancy er na nog geen jaar huwelijk al bleek en onbevredigd uitzag met derderangs hangtietjes en spataderen op haar slappe kuiten omdat haar man impotent was van de managerziekte. En dat die bleke scheefschijtster beslist niet zo'n mooie jurk had als zij had gemaakt van de stof die ik pas voor haar had gekocht. En dat ze het ook niet leuk zou vinden als ik onderdirecteur was van een margarinefabriek die de mensen met hun minderwaardige producten huiduitslag bezorgde. Dat je dan ten koste van de schurft van de mensen door Europa reisde en je garderobe volstopte met bolero's en stola's van gekleurd konijnenbont tot het eruit barstte. Dat ik tenminste de stof voor die jurk van haar met mijn eigen handen had verdiend en er niet tweehonderd man personeel te weinig voor had uitbetaald. Dat was ook zo, want toen ze naar haar werk was had een witharige broze verfijnde kunstkenner een tekening bij me gekocht. (Niet nadat hij, zoals de gewoonte is, vijftig gulden op de prijs had afgedongen.) Meteen was ik op mijn fiets gestapt en naar de Bijenkorf gereden waar ik die stof allang in de etalage had zien staan. Een roze, rood, bruin en donkergeel streepje. Op mijn atelier had ik van hardboard een sjabloon gemaakt van het silhouet van haar lichaam en dat met hout zo verstevigd dat het uit zichzelf kon staan. Daarna had ik de stof er strak omheen gedrapeerd en een stuk papier op de hals geplakt waarop ik had geschreven MISS WESPENTAILLE, want ik moest vaak met al mijn kracht met mijn knie tegen haar buik haar ceintuur een gaatje verder proberen te krijgen. Toen ze thuiskwam bloosde ze van blijdschap. Ze pakte het geval op, liep ermee naar de spiegel en hield het voor zich. Het bedekte haar helemaal, ze ging achter zichzelf schuil. Het was net of ze de jurk al aan had. En ze zei verwonderd: 'Wat weet jij goed hoe ik ben.' Toen ze de jurk met haar tong tussen haar tanden en haar lijf vol speldenprikken gemaakt had en voor het eerst aan had en met haar armen een beetje van haar lichaam voor me bleef staan, zei ik: 'Olga, je bent de mooiste uit het ganse land. Je bent zo mooi als een opgewreven appel.' (Toen ik later, op zoek naar die vervloekte boomkikkers, dat silhouet van haar lichaam in hardboard tussen de rommel tegenkwam nam ik het mee naar de spiegel en zette het naast me neer. Toen legde ik mijn handen op haar heupen en keek naar ons spiegelbeeld. Ik voelde en zag die stof weer en ik probeerde me haar voor te stellen zoals ze toen was. Maar steeds zag ik haar zoals ze geworden was en als ik dat beeld van me afschudde bleef ik alleen met die omtrek. Een sjabloon, een schaduw van haar. Een blauwdruk van ons geluk, die je moest kunnen lezen, anders was het alleen maar een bruin stuk karton.) Maar het waren niet alleen die giftige telefoontjes van haar moeder die haar op den duur bij mij vandaan hebben gedreven. Het zaad voor het onkruid dat haar hele leven zou gaan overwoekeren was al vroeg uitgezaaid. En ik geloof dat het vooral funest voor Olga is geweest zoals ze haar vader zag, zoals ze hem wel moest zien. Omdat haar moeder niets anders van hem had overgelaten dan een dikke zakkige snoepgrage jongen, die, als ze met de soepterrien over de gang kwam aanlopen er gauw even in moest kijken en dan moeizaam en ondeugend voor haar uit huppelde terwijl hij hoog en schor scandeerde: 'Soep-soep-soep-ballen-ballen-ballen-hoi-hoi-hoi!' Want hij kon niet anders, dan tussen ontrouw en vernedering, de clown uithangen. Ze had hem een keer, moedeloos op de divan weggezakt, over haar moeder tegen een oom horen zeggen: 'Ik doe maar iedere keer of ik haar nog nooit gezien heb. Of er zomaar een aardige vrouw op bezoek gekomen is die ik van mijn leven nog nooit heb gezien. Dan hoef ik niet te vragen waar ze gezeten heeft. Want dat gaat me dan niet aan.' En ze wist nog steeds dat ze op het feestje ter ere van haar tiende verjaardag een zogenaamde oom vettig lachend op de gang over haar moeder tegen iemand had horen zeggen: 'Ja, maar meneer, dat vrouwtje heeft zachte handen. Dat weten wij toch allemaal.' Toen ze pas bij me was sliep ze altijd met haar knieën opgetrokken tot aan haar borsten en haar duim tot haar hand in haar mond. Al slapend drukte ze me dan met dat mooie achterwerk van haar naar die smalle strook niemandsland waar ik alleen op kon blijven liggen als de dekens stevig genoeg onder het matras waren gestopt. In het begin probeerde ik dat te veranderen door als we geneukt hadden lekker tussen haar dijen te blijven liggen. Helemaal tegen en in elkaar vielen we dan in slaap. Maar midden in de nacht werd ik dan wakker door een ongeordend loom maar onverzettelijk ellebogengestomp. Even later werkte ze me met armen en benen van zich af terwijl ze huilgeluidjes maakte als een drensend kind dat zijn zin niet krijgt. En je kon duwen, slaan of schreeuwen, het hielp niet. Ze bleef als een blok slapen. Pas als ze het bed weer voor driekwart in beslag had genomen en met haar gat in je buik lag kwam ze tot rust en ging vredig snurken met haar duim in haar mond. Olga, met al die vreemde, gekke, lastige, lieve en wilde dingen. Wat ben ik als een gek van haar blijven houden. Ik zie ons weer staan in de deuropening wachtend op de regen op zo'n benauwde stikkend warme augustusdag dat de vliegen van ellende op je huid bleven vastplakken. En toen kwam het. Grote druppels die de straat in een paar seconden natmaakten. Alleen de bomen bleven in een grijze cirkel staan alsof er stof van ze was afgevallen. Toen werden er ineens dreigend blauwgrijze flarden langs de hemel voortgedreven en even later, met een onweersgeluid alsof er met latten geslagen werd, hoosde de wolkbreuk neer. Ze schopte haar schoenen uit en ging met haar armen wijd in die zondvloed lopen. Tot ze doorweekt was en haar vel door haar jurk zichtbaar was. Toen kwam ze naar binnen, kleedde zich uit en trok haar bikini aan. Zo ging ze in de goot tussen de geparkeerde auto's in die dertig centimeter grijs regenwater liggen die vol luchtbellen sloeg en liet zich geselen door de striemende stralen. (Maar ze riep er niet bij zoals ze onder de douche aan een stuk door deed als ze hem op koud zette voor stevige borsten: 'Wat gemeen... wat gemeen... wat gemeen!') Ik schonk twee glazen wijn in – ik had toen zeker weer een opdracht – zette ze op een presenteerblad, nam dat mee naar buiten en ging op de stoeprand naast haar in die poel zitten. Voordat de wijn kon verwateren dronken we hem op en lieten toen het presenteerblad met de lege glazen ronddobberen. Tot het zonk door de regen die nog steeds bij bakken uit de hemel viel. En ze dacht dat de automobilisten zo langzaam voorbijreden om haar niet nat te spetteren.

Die schat. En toen de regen voorbij was en ik met moeite in het atelier die natte stroppende kleren van mijn lichaam had getrokken, zei ze ineens: 'Nou moet je me keihard en heel regelmatig neuken.' Terwijl buiten de stortvloed klokkend door de putten wegliep ging ik als een beest op dat natte lijf van haar te keer. En zo vielen we midden op die zomerdag vochtig van zweet en regen op en in elkaar in slaap. (Ze heeft me dat nog eens een keer gevraagd. We waren naar VAN DE BRUG AF GEZIEN geweest en het mooiste vond ze die scène vlak voor de pauze als Marco die stoel onder aan een poot triomfantelijk en dreigend voor Eddie omhoogheft. Toen we thuiskwamen vroeg ze of ik dat ook kon. Ik probeerde het maar bleef, net als die Eddie, halverwege steken. Stiekem oefende ik een paar weken 's ochtends bij mijn ochtendgymnastiek. Toen lukte het me. Bij het ontbijt zei ik: 'Kijk Olga!' En ik pakte de stoelpoot bij de grond op en zette de stoel over haar bord heen op tafel. Ze keek me bewonderend aan alsof ik een soort minderwaardig schepsel was, een krachtaap of zoiets en gaf me een open doekje. Ze schoof haar stoel achteruit, stond op, trok haar mooie gebloemde nachtjapon tot boven haar borsten omhoog en ging op bed liggen. En toen zei ze ook met haar dikke geile lippen: 'Nou moet je me keihard en heel regelmatig neuken.' En zo gezegd zo gedaan.) We wandelden een keer ergens in een bos en vonden er een dood konijn dat door een kraai of ekster helemaal uit elkaar was gepeuterd. Ze boog zich eroverheen en gaf ineens een gil en wilde niet dat ik er met een stokje in ging zitten wroeten. Toen we doorliepen zei ze dat ze zo geschrokken was omdat er een rood sliertje uit zijn kop had gehangen, precies zo'n sliertje als ze eens in de wc in haar poep had zien zitten. Ze was verschrikkelijk geschrokken want ze had gedacht dat ze kanker had. Dat het vlees van binnen gewoon losliet. Met een opgerold wc-papiertje was ze in haar stront gaan roeren en toen had ze gezien dat het een sliertje rosbief was. Maar die angst was gebleven. De eerste keer dat ze weer bij me aankwam nadat ze me verlaten had zei ze: 'Ik geloof dat ik enorme complexen heb. Ik weet alleen niet waar ze zitten. Daarom druk ik ze dus weg. Om er vanaf te zijn.' Een paar dagen voor het laatste kerstfeest dat we samen vierden had ik voor oudjaar een doos vuurwerk gekocht. Zonnen, Romeinse kaarsen, vuurpijlen en gillende keukenmeiden. Met haar hoofd boven de doos begon ze ineens te grienen. Omdat het jaar weer voorbij was, omdat ze vond dat ze oud werd. En ze wilde het niet meemaken, dat lawaai waarvan ze ziek werd. Daarom fietsten we met die doos achterop mijn bagagedrager door de sneeuw naar het bos op een dag tussen kerstfeest en nieuwjaar. En daar, op klaarlichte dag, heb ik de hele rotzooi afgestoken. Van een afstand stond ze kouwelijk te kijken hoe de gillende keukenmeiden met een staart van rook en vonken fluitend in de sneeuw smoorden. En ik kon haar er niet toe bewegen zelf een zon die ik tegen een stam had vastgeslagen aan te steken. Op oudejaarsavond gingen we om elf uur naar bed, en toen de heksenketel buiten losbarstte lag ze rusteloos naast me te woelen en te praten in haar slaap. En zo begon voor ons het nieuwe jaar. Het jaar waarin ik haar voorgoed kwijt zou raken. Olga, Miss Wespentaille.

De anatomische stand

Het enige wat ik van die hele toestand overheb is een doorslag van een brief van mijn advocaat aan Olga, waarin staat, dat ze verklaart kennis te hebben genomen van een rekest strekkende tot het bekomen van verlof tot het instellen van een vordering tot echtscheiding op grond van door haar gepleegd overspel, hetwelk zal worden ingediend bij de E. A. Heer President van de Arrondissementsrechtbank te Amsterdam door haar echtgenoot. Ze verklaart met de inhoud van gemeld rekest bekend te zijn en zich niet te willen verzetten tegen de toewijzing van het daarin gedane verzoek en voorts er vanaf te zien ter verzoeningscomparitie te worden opgeroepen. Het begon allemaal met de Huishoudbeurs in de RAI. Ze hadden mij er nog een levensgrote Hermes willen laten maken voor hun stand. Gratis. Daarom ging het niet door. Haar moeder was ervoor op mijn atelier gekomen met de nieuwe bedrijfsleider – de derde al sinds haar vader dood was – een krombenig donkerbehaard brok schrootbaviaan, die op een van de drie Stooges leek. (De ergste.) Hij was steeds aan het woord met zijn grote waffel maar ik kon er niets van verstaan. Het was net of hij alleen maar waoh... waoh... waoh uitbracht, en het had me niet verwonderd als hij erbij op zijn borst getrommeld had. Dan moest zij het nog eens herhalen. Dat ik dat beeld toch zo kon maken. Dat zij het gips en het verguldsel en de verdere onkosten wel wilden betalen. En dan begon die knoest weer met z'n gewaoh... waoh. Dan zei zij weer, met dat geduldige valse lachje van haar, wat hij gezegd had. Dat ik vooral de staf en de vleugeltjes aan de enkels niet moest vergeten. En heel belangrijk was ook dat het levensgroot zou worden. Want dan zaten ze op fluweel. Dan domineerde hun stand met dat vergulde glanzende ding de hele tentoonstellingsruimte. Hij begon ineens te brullen van het lachen, met zijn lippen strak over die kanjers van tanden in dat geweldige kakement, toen ik vertelde dat bij de oude Grieken Hermes niet alleen de god van de handel maar ook van de dieven was. Hij zat erbij te dansen op zijn stoel met zwaaiende armen. Later merkte ik dat het een heel kinderlijke man was met een plompe fantasie. Niet zonder gevaar, want hij was al bij verschillende zaken betrokken geweest die failliet waren gegaan en hij had het gepresteerd om in de kop van Noord-Holland een koeienstal te veranderen in een soort hangende oosterse eettuin vol schreeuwende papegaaien en met wat van die exotische mokkakleurige stoeipoezen als dienstertjes, wat van dat van de koloniale oorlog overgebleven soldatenspeelgoed. Was ook een flop geworden want die boeren vraten alleen maar biefstuk met doperwten. Maar ook die vergulde levensgrote Hermes ging mooi niet door. (Ik denk dat die weigering van mij meer te maken had met dat ongure individu waarvan ik vermoedde dat ze er een verhouding mee had (wat later waar bleek te zijn), dan dat ik het zo erg vond om het voor niets te doen. Want voor Olga's vader had ik wel op iedere hoek van hun stand een Hermes willen maken, al was het alleen maar omdat hij een keer, spottend over die Duitse messen die nog steeds als relatiegeschenk werden weggegeven, zei: 'We kunnen de zaak hier wel omdopen in Hermessen.') Goed, ze dropen koeltjes af. Zij met haar baviaan achter zich aan, zijn handen bijna hangend tot zijn knieën, de duimen naar buiten gedraaid, een houding die wij op de academie De Anatomische Stand hadden leren noemen, maar wat hem het uiterlijk gaf of hij ieder moment grommend iemand te pakken zou kunnen nemen. Op de dag van de opening van de Beurs belde haar moeder me poeslief op. Of ze haar dochter even mocht spreken. Toen Olga de hoorn neerlegde had ze een kleur van opwinding. (Later heb ik gedacht dat die smerige teef van een moeder van haar misschien toen al met haar gesproken heeft over de ontmoeting die ze gearrangeerd had met hun beste zakenrelatie.) Ze was door haar moeder uitgenodigd om met wat mensen van de zaak ter gelegenheid van de opening wat te komen drinken op de stand. Ze ging meteen haar mooie jurk met de streepjes aandoen en ik bleef achter bij mijn beeld met mijn handen onder de klei zodat ik haar niet eens kon omhelzen toen ze wegging. Tegen zessen belde ze op. Haar stem klonk zo opgewonden als ze er bij het vorige telefoontje uitgezien had. Ik dacht toen nog dat het van de drank was. Ze gingen ergens eten. Of ik zin had om mee te gaan. Wie 'ze' waren zou ik straks wel zien. En zo kwam ik in een Indisch restaurant verzeild aan een lange tafel vol mensen die ik niet kende maar waar Olga zich al helemaal tussen thuis scheen te voelen. Ze deed tenminste met smaak mee aan al die oppervlakkige onnozele lulpraat. Soms keek ik opzij of zij het inderdaad was die daar naast me zat, zo'n gevoel van vervreemding kreeg ik. En ondertussen bogen vriendelijke Indonesische bedienden met gebatikte hoofddoeken op, zich tussen ons door naar de tafel en zetten geluidloos schalen en schaaltjes bij de borden neer. De baviaan hief zijn glas en mompelde een paar zinnen waoh waoh. Er werd voortijdig geklapt zodat hij kwaaiig in één teug zijn glas leegde en het neerzette. Meteen brak er een hels concert los van messen en vorken. Er werd geen woord meer gesproken. Iedereen was aan het zwelgen en proppen. Als ik over de tafel keek, keek ik pal in dat smoel van die baviaan die een saté zo onsmakelijk naar binnen aan het werken was met zijn grote scheur dat hij op een reptiel leek dat een te grote prooi half uit zijn bek moet laten hangen om op adem te komen. En op zijn bord had hij zijn rijsttafeltje zo door elkaar gehutseld dat het op een onbestemde hap apenbraaksel leek. Ik keek de tafel langs en toen sloeg het ineens door me heen dat die lange slappe slungel die naast haar moeder zat omdat hij hun beste zakenrelatie was, gewoon over al die halfleeg gevreten borden en schaaltjes en glazen heen met zijn kauwgomglimlach met mijn Olga zat te flirten. En ze flirtte terug. Godverdomme! Ik voelde het. Ik zag het aan hem. Ik had het gevoel of ze elkaar onder tafel met hun benen omhelsden. Mijn handen begonnen te trillen en ik kon geen hap meer door mijn keel krijgen. Ik voelde de neiging in me opkomen om met één ruk aan het tafellaken een ravage van de feestmaaltijd te maken. Het leek wel of Olga voelde wat er in mijn lichaam tekeerging. Zonder iets te zeggen of naar me te durven kijken stond ze op en ging naar het toilet. Even later ging hij erachteraan. Ik wist dat hij in dat donkere gangetje naast de garderobe op haar zou blijven wachten. Dat hij haar daar even zou pakken. Ik zag die vuile zweterige handen van hem in de stof van haar jurk grijpen. Ik wist niet wat ik moest doen. Ik kon hem moeilijk in zijn nek springen omdat hij naar de wc ging. De vijandige stemming die ik aan tafel tegen mij voelde, veranderde in gefluister en gelach. Ik voelde ineens de medeplichtigheid van alle aanwezigen. Ik had zin om keihard de Radetzkymars te gaan zingen, zoals haar vader het altijd deed, met: Tieten kont, tieten kont, tieten kont kont kont. Of de foto die die rotteef van hem had laten maken toen hij dood was en opgebaard lag, te laten rouleren en te zeggen: 'Een mooie foto. Hij ligt er zo vredig bij. Alleen jammer dat hij bewogen heeft.' Maar ik bleef verstijfd zitten met mijn handen tot vuisten gebald naast mijn bord. Zo zag ik ze tussen de tafeltjes door terugkomen en toen hij haar voor liet gaan langs een palm raakte hij haar van achteren even aan alsof ze al van hem was terwijl die laffe glimlach maar op zijn smoel bleef zitten. Hij liep met haar mee, trok haar stoel naar achteren, maakte een elegant handgebaar en schoof haar stoel weer aan toen ze ging zitten. Ik wist dat hij wel begerig moest kijken hoe haar kont op de zitting neerdeinde. En aan tafel werd er geknipoogd en besmuikt gelachen en de kleine kale boekhouder, die er toch al als een aangeklede kakkerlak uitzag in zijn jacquet, en die altijd al tegen haar moeder had gezegd dat zo'n meisje uit een zakenmilieu niet op haar plaats was in die armoedige kunstenaarswereld, kuchte zelfs nadrukkelijk om te laten merken dat hij met zijn kleine rekenhersentjes het allemaal best doorhad. Het was of al het bloed uit mijn lichaam verdwenen was. Mijn hoofd was ijskoud en ik moest mijn vuisten tegen mijn maag drukken van de kramp. Ineens zag ik in de ogen van die baviaan tegenover mij wat er ging gebeuren nog voordat ik het zelf merkte. Zijn borstelige wenkbrauwen schoten verschrikt omhoog en schoven het slappe rimpelige vel van zijn voorhoofd tegen zijn vettige haardos. Toen spoot het er bij mij uit. Ik zag de spetters op de borden en tegen de glazen zitten. En op de kleren van de mensen tegenover mij. Die gorilla had zelfs een paar muntstukgrote spetters op zijn tronie. Een paar vrouwen slaakten een gilletje en iedereen legde zijn bestek neer en hield op met kauwen, want dat voedsel zat als braaksel achter hun tanden. Er kwamen gebatikte obers aanlopen die ook niet goed wisten hoe ze dit speenvarkentje moesten wassen. Toen kwam er een golf van tomatensoeproodachtige brij uit mijn mond die in een reuzepannenkoekgroot plakkaat op het tafellaken kletterde met in het midden duidelijk herkenbaar een drekachtige samenklontering van stukjes vlees, taugé en de door maagsappen halfverteerde resten van de gebakken bokking van tussen de middag. Een walgelijk zure lucht verspreidde zich door het restaurant. Overal aan de tafeltjes had men het eten gestaakt en keek men met afgrijzen naar de kledder. De tranen stonden in mijn ogen van de rotsmaak boven in mijn neus. Er werd aan mijn stoel gerukt en de gerant vroeg met half afgewend gezicht of het geen tijd werd dat ik naar het toilet verdween. Zonder mijn gezicht aan mijn servet af te vegen stond ik op en liep tussen de tafeltjes door naar de wc. Ik wist dat er overal hoofden met me meedraaiden. Ik hoorde ze fluisteren. Maar ik zag niks. Toen ik uit het gezicht was, in het gangetje naar het toilet, ging ik ineens strompelen. Ik moest me vasthouden aan de muur om niet door mijn knieën te zakken. In het toilet liep ik naar een van de wastafels toe en met gestrekte armen erop steunend keek ik in de spiegel. Ik schrok van mezelf. Mijn gezicht was doorzichtig wit en mijn oogholten zagen eruit als die van Buster Keaton. Van mijn mondhoek liep een groezelig spoor naar mijn kin. Ik keek mezelf aan. Ik dacht dat ik dood zou gaan van ernst. Toen voelde ik weer een nieuwe golf omhoogkomen. Ik boog mijn hoofd niet in de wasbak maar spoot het zo tegen de spiegel. Ik bleef niet wachten tot mijn gezicht weer door de naar beneden zakkende drab zichtbaar werd. Ik nam een slok water en spoelde de zure brokken uit mijn mond. Toen liep ik naar de hoek, trok een stuk handdoek en veegde mijn gezicht en mijn kleren af. Ineens kwam de baviaan binnen. Hij zag mij niet. Hij liep meteen naar de wastafel waar ik net voor gestaan had. En toen kon ik voor het eerst verstaan wat hij zei. Hij zei keihard: 'Godverdomme!' en liep naar de volgende wastafel. Even later kwam de kleine kale boekhouder in zijn bespetterde jacquet binnendribbelen. Achter mijn rug hoorde ik hem tegen de baviaan zeggen: 'Hier zit ook nog wat. Afschuwelijk!' Ik ging naar buiten en liep in het gangetje bijna tegen Olga aan die voor haar moeder uit liep. Ze keek me niet aan en wilde zo langs me lopen naar het damestoilet. Ineens sloeg mijn vuist naar voren. Precies op haar oog. Ze week achteruit tegen de muur en bleef zo staan met gebogen hoofd alsof ze niet onder razernij wilde verbergen dat zij de schuld was van alles. Maar haar moeder zwaaide met haar tasje om zich heen en wilde me tegenhouden. Met mijn arm duwde ik haar opzij en ineens zakte mijn hand weg in dat niets onder die hardige stof waar die borst was weggenomen. En toen kreeg ik het plotseling op mijn zenuwen. Ik stoof door het restaurant naar de uitgang. Ik hoorde haar stem krijsen boven de andere uit: 'Die ploert!' En in een flits zag ik hoe de andere gasten allemaal achter hun stoel stonden terwijl de batikhoofden gedwee de tafel afruimden. Ik rende door de hal naar buiten maar bleef ineens staan en stapte beheerst in een taxi die net een Indisch echtpaar aan het restaurant had afgeleverd. Thuis dook ik verdoofd van ellende op mijn bed en ik wist zelf niet of ik nou geslapen had of half bewusteloos was geweest toen ze me midden in de nacht belde. Ze zei, dat ik zeker wel begreep dat ze niet meer thuis zou komen. Dat ze er verschrikkelijk uitzag met dat blauwe oog en dat dat nu al het tweede was binnen een paar maanden. (Dat was inderdaad zo. Toen we een keer van een feest terugliepen over de Oudezijds Achterburgwal wilde ze met haar dronken lichaam tegen een souteneur gaan aanhangen, die meteen een dikbelegde boterham in haar zag. Met moeite kon ik haar bij hem vandaan trekken. En omdat hij te laf was om te vechten kreeg zij die klap op haar oog. Maar minder hard dan de tweede.) Ik voelde me ineens ijskoud worden. Ik zei haar dat ze gerust in dat hotel van waaruit ze belde kon blijven slapen met die klootzak. Dat ze daar dat oog niet als vrijbrief voor hoefde aan te voeren. En dat ik haar veel geluk wenste met die getrouwde vent, want dat ik de moet in zijn vinger had gezien waar die lafbek zijn trouwring had gezeten. Dat ze morgenochtend maar eens in de zakken van zijn colbertje moest voelen. Dan kwam ze die beslist wel tegen. Ik had precies in de roos geschoten. Ze gooide meteen de hoorn neer. En toen ontlaadde mijn woede en diepe ellende zich in zelfagressie. Eén voor één greep ik de portretten en studies die ik van haar gemaakt had en kwakte ze tegen de vloer in stukken. De scherven gips vlogen tegen de ramen en tot aan het plafond. De tekeningen van haar griste ik van de wand en verscheurde ze en vertrapte ze dan nog eens. En als ik een stuk gips zag waar nog iets van haar aan te herkennen was greep ik het opnieuw en sloeg het voor mijn voeten op de vloer tot gruis. Toen alles vernietigd was overzag ik doodmoe en hijgend de puinhoop. Ik voelde me ineens enorm rustig. Het was of ik alles achter me had gelaten. Of ik volkomen leeg was. Toen zag ik ineens de kat die in een hoek onder een stoel was gekropen en me met grote angstogen aankeek. Ik haalde hem eronder vandaan, ging op bed liggen en legde hem op mijn borst. Zo viel ik in slaap.

De heksencentrale

Die eerste weken erna die ik in bed doorbracht heb ik in mijn fantasie mijn wraakzucht de vrije loop gelaten. Met staven ijzer op de hersens zodat de boel als snot in het rond spatte, met een zwaar luchtdrukpistool tegen de slaap, met een onklaar gemaakte auto die naar de bodem van het Amsterdam-Rijnkanaal zonk terwijl ze wanhopig met hun vuisten tegen de ramen trommelden en de schepen met hun kielzog de sporen van de misdaad uitwisten. Ik heb met hun dooie lichamen langs het strand gesleept om ze naar een plaats te brengen waar niemand ze zou vinden. Ik heb ze door een trein op een onbewaakte overweg laten vermorzelen tot brij. Ik heb ze gelyncht, geradbraakt, in kelders gefolterd. Gewoon weggestampt in de aarde tot niets meer dan de diepe afdrukken van mijn schoenzolen. Het enige wat al die demonische dagdromen me duidelijk maakten was dat ik haar onherroepelijk kwijt was. Dat ik verloren had. Dat ik me alleen nog, tussen wraakgevoelens, haat en woede, als die wegebden tot dat ellendige ziekmakende verlangen naar haar, kon afrukken bij haar foto's. Tot dat kaartenhuis, met de laatste hijgende kreet, instortte en me alleen liet met mezelf en mijn bevuilde lakens. Toen ik het niet langer uithield en dat stinkhol ontvluchtte, nadat ik eerst de kattendrollen en gipsscherven, de stinkende vaas met bloemen die langs het glas op de tafel gedropen waren, de bijna een halve meter uitgelopen uien die over het aanrecht woekerden en de verdorde planten in de vuilnisbak had gepropt, ging ik naar Rotterdam. Ik was zijn adres daar te weten gekomen en ik geloof dat ik er niet eens heen ging om te vechten of te praten. Ik wilde zomaar het huis zien waar hij woonde. Er naar binnen kijken. Proberen te ontdekken wat het was. Wat haar naar die man dreef. Misschien wel om een glimp van hun geluk en verliefdheid op te vangen. In een café in de buurt wachtte ik tot het schemer was geworden. Toen liep ik de straat in en zocht het nummer op en keek of zijn naam op de deur stond. Met afgewend gezicht liep ik daarna langs het verlichte raam, stak over, liep terug en keek over de weg heen naar binnen. Ik dacht eerst dat ik me in het huis vergiste toen ik een vrouw met een kind aan een tafel zag zitten. Ik stak over en bleef vlak voor het raam staan. Het was een vrouw van boven de dertig. Ze zag er slovig uit. Ik schrok ineens. Het jongetje dat naast haar zat was invalide. Het was een soort mongooltje met biovakantieoordachtige gebaren. Ik voelde me hartstikke ellendig worden. Ik was niet in staat om op de halte op de tram te gaan staan wachten. Ik hield een taxi aan en liet me naar het station rijden en dook zo gauw mogelijk de trein in want het was of die hele treurige toestand me op de hielen zat. Een poos daarna, tussen mijn erotische uitspattingen door (weet ik wat ik doe in mijn smart) – Bella zus, die eerst aan haar kutje gelikt wilde worden met smulgeluid voordat ze zich gaf en Irene zo, die je eerst in je kloten wilde bijten voordat je haar vast mocht steken, belde ik Olga op met kloppend hart. Ik kreeg haar moeder aan de telefoon, die zei niet te begrijpen waar ik de onbeschaamdheid vandaan haalde om te bellen na alles wat ik haar dochter had aangedaan. Ik zei, dat haar dochter nog steeds mijn vrouw was en als daar een eind aan moest komen, we nog altijd wel het een en ander te regelen zouden hebben voor een eventuele echtscheiding. Toen gaf ze me Olga. Haar stem klonk dof. Ik vroeg voorzichtig hoe het ging. Ze zei dat ze bijna nog niet door dat ene oog kon kijken. Ik zei dat ze dat verdiend had. Toen bleef het een hele tijd stil en ik was bang dat ze de hoorn erop zou gooien. Maar ze vroeg waarvoor ik eigenlijk belde. Dat het toch afgelopen was tussen ons. Ik zei dat dat juist het waanzinnige was na zoveel jaar. Dat het gewoon niet kon. Dat ik in ieder geval nog met haar wilde praten. Dat ik daar recht op had, dat ze me dat niet kon weigeren. Na een heleboel zinloos heen en weer gepraat en verwijten van beide kanten, stemde ze daar in toe. En zo kwam ik op die verkankerde regendag in mei in de trein te zitten door die natte groene troep heen naar Alkmaar. Ik bedacht dat het het beste zou zijn om haar mee terug te nemen of te wurgen. En ik zag er inderdaad uit als een wurger toen ik hun straat inkwam. Verzopen van de regen en met mijn haren in slierten over mijn voorhoofd tot in mijn wenkbrauwen. Voor ik de hoek omging had ik ondanks de stromende regen nog een sigaret opgestoken in een portiek zodat ik weer een aardig ploertenkoppie kreeg. Want medelijden is de ergste vijand van de liefde. Ze stonden voor het raam. Olga en haar moeder. Ze zou haar dochter wel keihard geïnstrueerd hebben, die teef. Ik zag het aan ze. En ik zag ook ineens hoe ze op dezelfde manier naar me keken. Of ik een prooi was. Van dat blauwe oog was niets meer te zien. Terwijl ik zo naar boven keek en een grijns om mijn natte uitgeregende sigaret probeerde te trekken, dacht ik: 'De heksencentrale.' (Dat kwam van Olga haar vader. Toen hij haar voor het eerst Amsterdam liet zien en ze langs de wolkenkrabber kwamen waar juist dikke donkere rook boven hing die uit de schoorsteen van de centrale verwarming kwam, had hij gezegd, dat dat nou de heksencentrale was. Zoals hij ook gezegd had dat de lamme man van de sigarenhandel door zijn vrouw in een kartonnen doos onder de toonbank gevangen werd gehouden.) Toen ik tegenover haar zat in de kamer – haar moeder liet zich niet zien maar ik voelde dat ze zich ergens verdekt had opgesteld en met haar serpentenoren toegespitst luisterde om bij de minste stennis naar binnen te stormen – wisten we eigenlijk niet goed wat we moesten zeggen. Ze had kleren aan die je zo in de winkel kon kopen, die niet goed bij haar pasten. Waar je de klerenhanger in bleef zien. Ik vroeg me af waar de streepjesjurk gebleven was. Misschien had ze hem wel in de vuilnisbak gestopt uit schaamte. Omdat ze er zich geen opgewreven appel meer in voelde. Hij paste haar waarschijnlijk toch niet meer. Ze was magerder geworden en ik zei het tegen haar. Bijna zo onhandig als een eerste compliment. Ze zei dat een rollende steen geen mos vergaart, en daar bleef het weer even bij. Ik stond op, liep naar het raam en keek naar de bloeiende anturiums in de vensterbank, die haar vader altijd 'pik op schotel' noemde. En ik keek naar het portiek aan de overkant van de straat waar ik jaren geleden gestaan had om een glimp van haar op te vangen. En ik dacht eraan dat ik nu, na al die jaren, nog even gek op haar was, en dat ik het altijd zou blijven. Dat het nooit over zou gaan. Ik kneep mijn handen tot vuisten omdat alles nu verkankerd en verpest was. En zo, met mijn rug naar haar toe kwamen met een trillende stem de verwijten. Zij schreeuwde er soms tussendoor. Met een stem zo hard en bits als ik nog nooit van haar had gehoord. En het werd een complete ruzie waar ik ineens genoeg van had omdat het de laatste kans dat het weer goed zou worden tussen ons om zeep bracht. Ik draaide me om en liep naar haar toe. Ze liep angstig achteruit en ik zag aan haar gezicht dat ze 'Moeder' wilde roepen of 'Mammie'. Met een paar grote stappen was ik bij haar en greep haar bij haar bovenarmen vast. En ze durfde niet meer te roepen maar keek angstig naar de deur. Ik voelde me zo rot en er sprongen tranen in mijn ogen omdat haar ene oogholte nog geel was en omdat ze er zo bang uitzag. Als een angstig dier dat beseft dat het niet meer kan vluchten. Ik hield haar minder stevig vast en boog mijn gezicht naar haar toe. Ze week zover achteruit dat haar hoofd tegen de kastdeur bonsde. Toen ik haar wilde zoenen begon ze ineens hysterisch te fluisteren: 'Die mond heeft iemand anders gekust hoor. Die mond is door iemand anders gekust.' Toen ik haar mond in de mijne nam bleef hij week en zacht en ook haar lichaam was slap. Alsof ze zo op de grond zou zakken wanneer ik haar zou loslaten. Maar haar tanden hield ze vast op elkaar geklemd. Ik kon niet bij haar tong komen. Ineens kuchte haar moeder een paar keer achter de deur. 'Moet er soms thee zijn,' vroeg ze met haar valse stem. Er moest thee zijn. En zo zaten we weer uren te praten. Over alles waar je niet over praat. Want als je er wel over praat is het onherroepelijk mis. Dan is het te laat. Dan heeft praten ook geen zin meer. En na uren, toen mijn smoel stijf was van al dat gelul en ik mijn tong droog en onwerkelijk in mijn mond voelde zitten, rolde haar moeder een serveerboy met broodjes naar binnen zonder dat we haar te zien kregen. En ik zat een beetje taai te kauwen want ik was vies van die door dat kreng klaargemaakte broodjes. Daarna praatten we weer verder. Of eigenlijk was ik steeds aan het woord. En als ik het over haar moeder had, dat die de schuld was van alles, dat die haar kop op hol had gebracht omdat ze voordeel zag voor de zaak in een huwelijk tussen haar en die man, fluisterde ik en wees bezwerend naar de deur, alsof zich daarachter al het kwaad bevond dat ons bedreigde. Soms sprak ze me tegen, bleek en koppig. Maar meestal luisterde ze en schudde alleen haar hoofd als ze het ergens niet mee eens was. En ik heb een paar keer behoorlijk onder de gordel geslagen door over haar vader te praten. Dat hij mij zo graag mocht en dat die hele geldkwestie hem geen mieter kon schelen omdat hij zag dat ze gelukkig was. En dat hij zich in zijn graf om zou keren. Het was eruit voordat ik bedacht dat hij met zijn as in een urn zat. Maar ik moest het doen. Ik moest haar murw krijgen. Ik moest door die harde laag heen dringen die haar moeder met haar valse gekonkel had teweeggebracht. Dan keek ik naar het raam en zweeg een poos en zei dan dat ik daar nog zo haar vader voor het raam zag staan naar de lucht kijken terwijl hij zei: 'Ik wou dat de zon doorbrak. Als de twee helften maar bij elkaar blijven.' Of toen hij een keer terugkwam tijdens een stortbui langs het Noordhollands Kanaal uit Den Helder: 'Het regende zo hard dat de vissen niet eens merkten dat ze gevangen werden.' Dan liepen ineens de tranen langs haar wangen. En het leek wel of haar moeder het gevaar rook dat haar dochter bedreigde, want bij weer zo'n aanval, toen Olga met rode ogen van het huilen bijna door de knieën ging en het op haar lippen lag om te zeggen dat ze met me mee terug zou gaan, tikte dat secreet tegen de deur en riep dat ik naar huis moest. Dat het lang genoeg geduurd had en dat ze moesten gaan slapen. Toen ik op de klok keek was het te laat om nog met de trein naar huis te gaan. Dat wijf had me zo op straat willen zetten, maar na een hele fluisterpartij met Olga op het halletje, waar ik zelfs met mijn oor tegen de deur niets van kon verstaan, mocht ik blijven slapen. Boven op de logeerkamer. De vroegere kamer van Olga. Hij was nog net zo. Het leek wel of ze er altijd rekening mee had gehouden dat haar dochter nog wel eens terug zou komen Onder Moeders Vleugels. (Dat stond er nog steeds in haar boekenrekje.) Ik legde mijn kleren over het stoeltje met de gekke poten, dat zij vroeger het Geschrokken Hertstoeltje had genoemd en waarin ze met een blos van spanning gelezen had over Stijfkopje, als ze haar strengels eraf knipt in het internaat. En ik ging op zoek naar de plek waar ze in het gordijn geknipt had toen ze een keer met een vriendinnetje een dik buurmeisje op bed gedrukt had en haar broek uitgetrokken. Toen was ineens haar moeder binnengekomen met een schaaltje met kattentongen. Uit onbehagen of schaamte om dat halfnaakte dikke kind had ze toen de schaar gepakt en een knipje in het gordijn gegeven. Openlijk, zodat haar moeder het zag. Ze had er verschrikkelijk voor op haar donder gehad. Ik kon het niet vinden. De gordijnen waren zeker vernieuwd of het was in het vorige huis geweest aan de vaart, waarvan ze zei dat het water er tegen het plafond weerspiegelde en dat dat zo rustgevend was. Dat ze er plat op bed uren naar kon liggen kijken. Midden in de nacht ging ik aan de slaapkamerdeur van Olga voelen maar hij zat op slot zoals ik had verwacht. Ik tikte eerst zachtjes maar toen ik harder ging tikken hoorde ik haar moeder in haar kamer het licht aandoen. Snel ging ik de wc in, waar nog steeds het papier op de deur geplakt zat waarop haar vader in grote onhandige blokletters had geschreven: DO YOU WANT A COLD SURPRISE? PULL THE CHAIN BEFORE YOU RISE! Ze hadden het er zeker niet af kunnen krijgen, anders was het wel, gelijktijdig met zijn snotstoeltje, verdwenen. En omdat ik zeker wist dat nooit iemand dat schalkse voorstel van hem opgevolgd had, bleef ik zitten toen ik doortrok zodat ik met een koud en vochtig achterwerk weer in bed kwam te liggen. Ik kon toch niet slapen. Haar hele jeugd overviel me in dat kamertje met al haar prulletjes van vroeger, haar boeken op de boekenplank en boven me op de ombouw van het opklapbed. Haar knuffeldieren en kleine pulletjes en potjes en andere troep. Maar geen een pop. Arm rood dier. Ik zag haar voor me als meisje zoals ik haar kende van foto's. Met de afgebroken voortanden die ze niet verbergen kon omdat ze altijd lachen moest naar de fotograaf. Ik hoorde de jongens uit haar klas weer roepen: 'Schemerlampje!' en Pietje Golhof hitsig zeggen, terwijl hij zijn vinger tussen haar samengeknepen dijen probeerde te wurmen: 'Jantjes elfde vingertje in Marietjes tweede mondje.' Ik zag haar met haar vriendinnetjes op ditzelfde bed op elkaar schuiven en Gebroken Pik spelen, zodat er steeds met boetseerklei een nieuwe aan één van de meisjes gemaakt moest worden. Hier had ze met ze gezongen: 'Een twee drie vier vijf zes, De meester die geeft neukles, Midden in het gymlokaal, Neukt hij alle meiden kaal, En die grote knullen, Met hun lange lullen, Meester mag ik nog een keer, 't Gaat zo lekker op en neer.' Ik hoorde Nancy, die in de paasvakantie bij een tante in Amsterdam op de Walletjes gelogeerd had, weer fluisterend zeggen tegen haar: 'Ze komen er vandaan met een rood hoofd. Dan waggelen ze een beetje op de stoep. Maar ik kom er nog wel achter wat het is.' En haar vader die hijgend van de trap en de wandeling in het parkje uitgelaten als een kind haar kamer binnenstommelde hoorde ik weer amechtig zeggen: 'De zwarte zwaan heeft uit mijn hand gegeten.' Ze had het voorgoed onthouden omdat ze die dag voor het eerst ongesteld was geworden en met angst op haar kamertje zat omdat haar moeder niet thuis was en ze niet wist wat ze eraan moest doen. Soms viel ik in een soort halfslaap waaruit ik wild van geilheid ontwaakte. Ik dacht dat ik als een hond haar pruim op meters afstand kon ruiken. Maar ik durfde niet meer aan haar deur te gaan knabbelen. Want ik wist dat die helhond van een moeder van haar met toegespitste oren lag te luisteren. En soms had ik met mijn slaperige kop angstvisioenen die ik zelf bedacht. Ik hoorde de wc doortrekken, sloop naar beneden en greep toe als mijn vingertoppen de zachte stof van haar nachtjapon voelden. En pas als ik die na een worsteling aan stukken gescheurd had en in haar zat voelde ik dat het die walgelijke teef was. En dat was ook het eerste wat ik zag toen ik die ochtend ziek van de slapeloze nacht naar buiten keek. Ze liep met haar kop vol papillotten als een Medusa op de grasstrook met die vetgevoerde hond achter zich aan die ze met een stuk bezemsteel beschermde omdat dat mormel loops was. Ik liep snel naar beneden en voelde aan de slaapkamerdeur van Olga. Hij was open. Ze lag weer net zo te slapen als vroeger, met haar duim in haar mond en haar kont naar achteren over de hele breedte van het bed. Razendsnel trok ik mijn ondergoed uit en schoof naast haar. Voorzichtig duwde ik aan haar lichaam tot ik haar in de goeie stand had. Haar nachtjapon was al door het woelen omhooggeschoven. Zat om haar bovenlichaam gedraaid als een draperie van een godin van het Parthenon. Toen kwam ik op haar, duwde zachtjes met mijn knieën haar dijen van elkaar en stak haar aan me vast. Eerst bleef ze slap en loom liggen, alleen haar kleverige lippen waar haar duim tussenuit gegleden was krulden wulps naar buiten. Maar ineens verstijfde ze nog voor ze haar ogen opendeed. Ik sloeg meteen mijn armen om haar heen en drukte mijn mond op haar lippen. Niet alleen om haar te zoenen maar vooral om haar het schreeuwen te beletten. En tijdens die worsteling van dat dier met die twee ruggen dat niet scheen te weten welke kant het uit wilde, bleef ik wild en krachtig in haar steken. Toen ze met haar mond uit de mijne schoot dacht ik dat ze zou gaan schreeuwen. Maar ze zei dat als ik niet meteen van haar af ging en verdween ze haar moeder zou roepen. Het klonk zo idioot dat ik moest lachen zodat ik nog bijna uit haar schoot. Toen ik zei dat dat weinig zou helpen omdat die buiten liep met de hond ontspande ze ineens en liet me mijn gang gaan. Maar ze begon wel net zo hysterisch als de avond ervoor fluisterend te roepen dat iemand anders haar had gehad. En ik begon zelf ook bijna jankend terug te schreeuwen dat me dat niets kon schelen. Dat ik zo gek en waanzinnig veel van haar hield dat ik in staat zou zijn om het zaad van haar minnaars uit haar kut te likken. En ze kwam bijna op mijn woorden klaar, ze liet zich zo verdomd goed gaan. En ik hield het in want ik wilde haar een beurt geven die ze niet gauw zou vergeten. En toen begon ze weer te roepen dat ik op moest passen. Vooral nu. Ze zou niet eens weten van wie ze zwanger zou worden. Maar ik bleef doorstoten en toen ontspande ze en liet zich helemaal gaan. Toen we bijna klaarkwamen werd er ineens krankzinnig hard op de deur geramd. Olga haar hele lichaam werd keihard. Alles kneep samen en mijn pik bleef in haar vastzitten. Toen stormde haar moeder schreeuwend binnen. Ze ging op een malle manier, alsof ze overdreven oosters rouwbeklag deed, op de dekens slaan en riep ondertussen dat ik een ploert was en een verkrachter en dat ze de politie zou roepen als ik niet op staande voet verdween. Toen trok ze de dekens van ons af. Op hetzelfde moment voelde ik dat harde vastgeklemde stuk van mij met het bonzen van mijn bloed mee in haar verstijfde lichaam spuiten. En ondanks alle angst en verkramping hoorde ik Olga vlak bij mijn oor steunen: 'Aaahh.' Het leek wel of haar moeder het aan mijn samenknijpende reet zag dat ik in haar dochter afging want met haar handen om mijn enkels begon ze aan me te rukken en te trekken. En meteen begon Olga onder me ook weer te worstelen en tegen mijn borst te stompen. Ik schopte me vrij, griste mijn ondergoed onder het bed vandaan en liep met het zaad nog druipend uit mijn pik de kamer uit. Voor ik de deur achter me dichtsloeg zag ik nog net hoe Olga met opgetrokken knieën en haar armen beschermend boven haar hoofd in bed zat alsof ze bang was dat ze afgetuigd zou worden. Zelfs in de badkamer, onder het geluid van het stromen van de grote kraan hoorde ik de schelle schreeuwlelijk van dat viswijf nog. Maar ik voelde me triomfantelijk en heerlijk. Omdat ze geschreeuwd had van genot onder de ogen van haar moeder. En toen ik me heerlijk gebaad had in wolken schuim en herboren en aangekleed weer tevoorschijn kwam, stond haar moeder bleek van woede me al op te wachten in de hal. Ik zei dat ik Olga gedag wilde zeggen en liep naar de slaapkamerdeur. Eerst wilde ze me tegenhouden. Met haar bleke lippen op elkaar geperst. Ik duwde haar opzij maar dat hielp niet veel want haar kamer zat weer op slot. Ik tikte, ik bonsde, riep haar naam en schreeuwde toen ze nog geen antwoord gaf. En daar tussendoor riep dat wijf steeds tegen haar dochter dat ze zo'n ploert geen antwoord moest geven. Toen liep ze de kamer in en kwam met de hoorn van de telefoon in haar hand in de deuropening staan en dreigde dat ze de politie zou bellen als ik niet maakte dat ik wegkwam. Ik riep nog tegen Olga dat ik haar zou bellen, dat ze bij me terug moest komen. Dat ze zich niet moest laten vergiftigen door dat kreng. Dat ik altijd van haar zou blijven houden en op haar wachten. Toen verliet ik, zonder dat ik tegen die bleke ziekelijke heks zei, dat ze een hoer van haar dochter wilde maken voor de meestbiedende of andere wraakzuchtige kreten, dat huis waar ik nooit meer ben terug geweest.

Caesar en Brigitte Bardot

Een mens is gemeen. Ik trok alle registers open. Wanhopige pogingen als de liefde niet meer van twee kanten komt. Want toen ik haar door de ruit van het café waar ik op haar zat te wachten zag aankomen, liep ik snel naar de Wurlitzer toe en zette de blafplaat op van Oh Suzanna, die haar vader altijd door het huis liep mee te waffen. Ik had hem al een keer gedraaid want ik was er een uur te vroeg met de akte van huwelijkse voorwaarden, het trouwboekje en zeshonderd gulden in een grauwe envelop bij me. Door de telefoon hadden we afgesproken ieder driehonderd gulden mee te nemen voor de advocaat, maar ik wist zeker dat haar moeder wel zou zorgen dat ze geen cent bij zich zou hebben. Ik had die akte wel twintig keer gelezen. De trieste rijtjes eigendommen die 'ten huwelijk worden aangebracht' door de aanstaande echtgenote. Een elektrische naaimachine (verpatst voor een habbekrats aan een vriendin), divan met kleed en verdere toebehoren (zijzelf zeker), diverse vorken, lepels en messen (merk Adolf H. of Gott mit uns). 'De vrouw zal het bestuur hebben over haar roerende en onroerende zaken en het vrije genot van de vruchten...' Daar was ze aardig mee begonnen, dacht ik, toen ik haar zo het café zag binnenzeilen met de zoef van de draaideur achter zich aan. Haar haar droeg ze los. Het stond als een rood scherm breed uitgekamd op haar schouders. Ze had een rood mantelpakje aan met wit bont afgezet. Iets uit de winteruitverkoop. Ze moest het er warm in hebben. Toen ze me zag zitten struinde ze op me af zonder om zich heen te kijken. Als een kat die ergens op jaagt en verder nergens oog voor heeft. De mannen keken op van de leestafel. Ze zagen het al aan haar kleren. Ze namen haar op als een juffrouw waar wel wat mee te beginnen valt. Een op drift geraakte meid uit de provincie. Voor mijn tafeltje bleef ze staan. Ze wilde geen koffie. We moesten meteen maar weggaan. En, o ja, ze had niet aan driehonderd gulden kunnen komen. Dus of ik het haar zolang voor kon schieten. Meteen schoof ze de draaideur in en ik had zin om mijn voet ertussen te zetten en haar te laten smeken, bonzen en schreeuwen in die glazen kooi tot de obers en de heren van de leestafel haar kwamen ontzetten. Zo mal en onwerkelijk zag ze eruit in dat pak. Toen we op straat liepen zei ik dat dit de eerste keer was dat ik haar in iets roods zag. Ze zei dat iedereen erover sprak in Alkmaar. Heb je Olga al gezien? En dat ze ook een hele poos bruin had gedragen. Toen ik haar eraan herinnerde dat ze pas een paar maanden bij me vandaan was, begon ze te lachen en zei dat ze net als Picasso allemaal perioden had. En toen ik ernaar vroeg zei ze dat ze die streepjesjurk aan de dienstmeid had gegeven. Die was er dol gelukkig mee geweest. Ze had hem alleen een heel stuk moeten innemen. Op de stoep bij de advocaat, waar ik pas de kans kreeg om haar goed te bekijken, zo driftig had ze naast me voortgestapt, zag ik waarom ze er zo kalkachtig en vreemd uitzag alsof ze haar identiteit kwijt was. Het waren niet alleen haar kleren. Het was vooral haar gezicht. Ik miste haar sproeten. En toen pas zag ik dat haar mooie roze huid met al die kleine bruine spikkels bedekt was met een dikke laag bruinige pancake, die slordig bij haar hals ophield zodat haar huid daar blauwig en ziekelijk leek. Ik had er iets van willen zeggen want ik kon wel grienen. Maar ik hield me in, want wat had ik er nog mee te maken. Ze had nu zelf het bestuur over haar roerende en onroerende zaken. Al wou ze haar kop in het pannenkoekenbeslag stoppen of in de grijze plissérokken van haar moeder over straat gaan lopen. Ze keek me aan en zag de tranen in mijn ogen. Ze wist natuurlijk niet dat het van machteloze woede was. Om die pancake, dat witte konijnenbont, die hele versjankerde rottroep. Daarom zei ze, nog net voordat de deur werd geopend: 'Het moet, jongen. Het moet.' We werden door de walg zelf naar zijn kantoor gebracht. Een slappe vettige kolos met een buik als een bierton waarvan de duigen door zijn broekriem bij elkaar werden gehouden. Een opvallend roze en spuugnatte mond zat in zijn grote baard waar schurftachtige schilfers in zaten. Ik kende hem van uit de binnenstad. Hij was een bekend kunstenaarscafébezoeker. Ik moest eerst de zeshonderd piek afgeven en toen drukte hij me, zeker omdat ik beeldhouwer was, een Saksische herder en herderinnetje in mijn handen en vroeg wat hij daarvoor kon vragen want hij wilde het verkopen. Ik keek afwezig naar dat stuk netenporselein en zette het op de schoorsteenmantel terug terwijl ik zei dat het honorarium voor mijn adviezen nog heel wat hoger lag dan het zijne. Hij werkte zijn gekrenktheid weg door smakelijk met klotsende buik te lachen, bevochtigde zijn enorme duim door die tegen zijn lippen te drukken en bladerde in papieren waaruit hij zo nu en dan niet zonder spetters iets opraffelde. Ik luisterde maar half terwijl ik naar de wand keek vol wetboeken, een studentenalmanak uit het jaar nul en een luxe uitgave van de Decamerone. Ik keek alleen even snel naar Olga toen ik dat opgeblazen varken hoorde knorren: 'Een vordering tot echtscheiding op grond van door haar gepleegd overspel'. Ze zat naar het plafond te kijken of het haar allemaal niet aanging. Of ze in de wachtkamer van een arts gedwongen de confidenties van de patiënten aanhoorde. Ze pikte een paar pluisjes van eigen bont van haar rooie rok en toen zag ik ineens dat haar nagels lang als schelpen waren en roze gelakt. En ik betrapte me erop dat ik gewoon dacht: 'Lekker zo'n klauwtje om je pik.' Dat ik er helemaal niet bij aan haar dacht. De vleespudding voor ons was klaar, ging breeduit zitten met zijn buik tussen zijn benen als een Japanse monnik en zei terwijl hij ons om de beurt aankeek: 'Cæsar en Brigitte Bardot. Wat zonde! Zou ik geen kans zien om de duifjes weer bij elkaar te brengen.' Hij wist dat het niet kon. Dat hij zijn zeshonderd ballen rustig uit zijn portefeuille kon laten puilen. Maar uit wraak om dat stuk landelijk porselein frommelde hij voor we weggingen Olga een papier in haar hand dat ze mij, als ze me zo gek kon krijgen, voor de scheiding moest laten tekenen. Er stond zoiets op van dat ik verklaarde dat er door haar geen werkelijk overspel was gepleegd maar dat dat alleen gebruikt was om de scheiding erdoor te krijgen. Hij zei ook nog dat ze als gescheiden vrouw zonder dat papier bepaalde landen niet in mocht. Bijvoorbeeld Zuid-Afrika. Ik zei hem dat hoe misdadiger en moordzuchtiger een land was, hoe schijnheiliger op seksueel gebied. En dat hij toch niet dacht dat wij naar een land zouden gaan waar negentig procent van de bevolking als beesten werd behandeld. Hij merkte fijntjes op dat mevrouw dat in het vervolg voor zichzelf te beslissen had, en daarmee was de zaak afgelopen en stonden we weer op straat. Ze wilde eerst meteen weggaan maar toen dacht ze aan het papier dat ik nog moest tekenen en nam ze mijn voorstel aan om ergens wat te gaan drinken. Ik riep een taxi aan en we reden naar het Vondelpark. Terwijl we door de brede lanen naar de Rotonde liepen langs heesters die als gekken stonden te bloeien, flirtte ze openlijk met iedere passerende man die zijn hondje of zichzelf uitliet. Zeker om me te tarten en te laten zien dat ze helemaal vrij was en kon doen en laten wat ze wilde. En zeker ook omdat ze zich zo vaak ingehouden had vroeger, dat ze nog wat in te halen had. Het kon me niet schelen. Het was beter dat ze me probeerde te kwetsen dan dat ze medelijden met me had. Pancake scheen ze wel geiler te maken dan sproeten. Het ging anders erg veel lijken op dat getekende mopje van dat meisje dat in de deuropening van de spreekkamer staat terwijl de wachtkamer vol mannen dromt en tegen de dokter zegt: 'Dokter, ik heb een vuiltje in mijn oog.' Nou ja, toen we eenmaal op het terras zaten, verscholen achter de heg, was dat afgelopen. Maar ze stond meteen weer driftig op en zei dat ze eerst even moest bellen. Toen ze terugkwam zei ze dat ze niet lang meer kon blijven want dat ze met een halfuur aan de hoofdingang opgehaald werd. Ik vroeg haar of ze daarom die rommel op haar gezicht had en ze zei kwaaiig dat ze dat gedaan had omdat ze eruitzag als een uitgepoepte erwt. Ze wilde ook nog even gauw een campari hebben terwijl ik ons gewone colaatje met een jonge nam. Onder het nippen van haar bitter haalde ze het papier tevoorschijn, legde het voor me op het tafeltje en vroeg achteloos of ik het even wilde tekenen.

Ik boog me eroverheen en deed of ik het aandachtig las. Zo bleef ik wel vijf minuten zitten tot ze vroeg of ik het nou nog niet had gelezen. Toen ik haar zei dat ik geen enkele aanleiding zag om het te tekenen want dat ze toch godverdomme overspel had gepleegd, zei ze dat dat er niets mee te maken had. Dat het daar helemaal niet om ging. Ik had haar keel dicht willen knijpen. Ik had haar met haar bepoederde kop in haar glas willen drukken en schreeuwen waar het dan godverdomme anders over ging dan over dat verdomde overspel van haar. Maar ik bleef rustig zitten en keek naar het grind tussen mijn voeten. Ze pakte het papier op en zei: 'Dan niet.' Ineens vond ik het allemaal zo verdomde zielig en het kon me geen donder meer schelen. Ik pakte het papier uit haar handen, leende haar vulpen en schreef erop: WAT JE GEDAAN HEBT, WAT JE DOET OF ZULT DOEN, WAAR JE OOK HEEN GAAT, IK BLIJF ALTIJD VAN JE HOUDEN! En daaronder mijn handtekening. Ze pakte het papier van me aan en las het. Ze kneep het tot een prop die ze in haar tas stopte en zei: 'Nu is het waardeloos.' Toen stond ze op en zonder me gedag te zeggen liep ze tussen de tafeltjes door naar de uitgang.

Veiligheidslucifers

Na al die ellende en rotzooi duurde het een hele tijd voor ik eindelijk weer langzaam op gang kwam. Maar ik maakte geen moeders met kinderen of Persephone's meer. Langs de Amstel zocht ik tussen de daar neergestorte rommel naar half weggeroest gaas van tuinhekken en kippenhokken, kapot speelgoed, afgedankte huishoudelijke voorwerpen, stukken steen en kurk en rangschikte dat in mijn atelier op houten schotten, plakte de troep aan en op elkaar, goot er teer over en goudlak of bespetterde het met steengruis in kunsthars. Dan zette ik de snijbrander erop. Tot de onder een dik zwart vel borrelende en ziedende massa door de hitte verstolde tot een stuk verschroeide aarde. Dan had ik alweer een schilderij af. Zo maakte ik er soms twee of drie op één dag. Tot ik mijn atelier helemaal volgebouwd had en het op een vleermuizengrot ging lijken. Schilderijen waarvan kunstliefhebbers, alleen al van het gewicht, schrokken. En als het me weer niet beviel, als ik al over de tong ging als ik die krengen rook, laadde ik een hele serie in mijn oude Riley (de kinderwagen was toen Olga nog bij me was al door zijn veren gezakt onder het gewicht van mijn geesteskinderen) en verzoop ze zoals vroeger, maar nu alleen en midden in de nacht, in de Amstel. (Olga zei eens toen er eenden op die plek aan het grondelen waren: 'Die gaan naar de tentoonstelling.') En ik ging er door dat bezeten gedoe, mijn verwaarloosde schroeierige uiterlijk en die vuilnisbakkenblik waarmee ik afval opspoorde kennelijk uitzien als een buitenlandse zwerver, want tijdens een collecte voor de krab met het sabeltje veranderde een pinnig wijfje dat rammelend met een collectebus over het Damrak liep haar dreun toen ik eraan kwam: 'De kanker... de kanker... the cancer... the cancer!' En een oud dametje siste mij eens toe toen ik uit een café kwam waar ik alleen maar een kop koffie had gedronken: 'Drank is vergif.' Meiden nam ik niet meer mee naar huis. De twee laatste waren met stront weggegaan. Toen besloot ik er definitief mee op te houden. Geen gelazer meer in mijn huis. Dan kan je nog beter naar de hoeren gaan. Dat is goedkoper ook. Die hoef je geen drank te schenken en je hoeft niet urenlang allerlei lulpraatjes aan te horen. Na een halfuur sta je op straat en kan je weer aan je werk. Toch was het zo aardig begonnen met Zweedse Astrid. Ik wantrouwde haar in het begin wel omdat ze zulke stevig in elkaar gedrukte peuken in de asbak achterliet. Maar ze zag er zo prachtig uit als een stuk zachtheid uit Zweden, als een volmaakte pin-up, dat ik die waarschuwing in de wind sloeg. De eerste avond leek het allemaal zo mooi. Ik dacht zelfs dat ze misschien een tweede Olga zou kunnen worden. Ik zei dat ik een liefdesverklaring in het Zweeds op haar buik zou schrijven. En met haar kersenrode lipstick schreef ik toen op dat prachtige blonde schild, dat je met je duim aan dat putje leek op te kunnen pakken: SÄKERHETS TÄNDSTICKOR! Ze moest er niet om lachen, maar hoe had ik godverdomme kunnen weten wat 'ik houd van je' in het Zweeds was. In het begin was ze lief. Erg lief en zacht. Maar ze kreeg zo langzamerhand steeds meer kritiek. Ze was van plan zich eens goed te gaan nestelen. Het was niet meer voldoende dat ik me 's ochtends douchte maar ze wilde me ook nog voor we naar bed gingen onder de straal hebben. Of ze kocht een gezondheidstandenborstel voor me met zo'n harige knop van voren zodat ik bijna kotste van de bek vol haar. Op een keer waren de lakens weer niet in orde. Ze moesten ogenblikkelijk verschoond worden. Toen ik zei dat dat niet ging lag ze meteen stijf en kil als een ijspegel in bed naast de al op een hoop gegooide lakens. Een paar dagen later toen ze uit bed stapte om naar de plee te gaan sprongen er zoveel kattenvlooien tegen haar onderbenen dat het wel leek of ze donkere kniekousen droeg. In dat Uddevalla Engels van haar begon ze tegen me te schreeuwen en te schelden terwijl ik in het laken lag te trappelen van het lachen. Ze wreef en plukte haar benen schoon, trok haar smaakvolle kleren aan haar afgepaste lichaam en verdween uit mijn leven. En met Thea, een van de laatste bloemen die uit mijn beddengoed opbloeiden, ging het nog sneller. Ze vertelde na een naaipartij, op de rand van mijn bed met een banaan in haar hand die ze altijd doormidden sneed en uitlepelde als een zacht gekookt ei, dat ze toen het bericht dat Marilyn Monroe dood was over de radio kwam wel een uur had zitten huilen. Ik kwam overeind in bed en bleef perplex zitten want ik had datzelfde bericht gehoord en het was toen net of Olga er ineens niet meer was. Of ze met dat bericht voorgoed verdwenen was. Om mijn verwarring te verbergen zei ik dat ik Marilyn waarschijnlijk niet af zou kunnen leggen zonder een erectie te krijgen. (But stiff back or stiff knees, You stand straight at Tiffany's.) Ze sprong op of er een schorpioen onder haar lichaam zat en begon me met slappe handen overal te kletsen waar ze me maar kon raken. Eerst liet ik haar maar uitrazen, maar toen ze me een lel op mijn neusbeen gaf waarvan ik dacht dat ik onderuit ging werd ik plotseling zo giftig dat ik haar uit mijn bed sleurde en haar naakt met haar kleren er achteraan de winderige avond in duwde. En daarmee was het voorgoed afgelopen. Ze kwamen er niet meer in. Diezelfde dag leegde ik de bak met haarspelden, oorbellen en broches die ik in de loop der tijd in, onder en achter mijn bed gevonden had in de vuilnisbak. Alleen de oorbel in de vorm van een zeepaardje die Ans of Wies of Riekie altijd bij het bedstoeien aan mijn lul vastklemde, bewaarde ik. Als ik in het vervolg behoefte had aan een vrouw ging ik de stad in tot ik er een gevonden had die aardig genoeg was maar ook nog een eigen huis of kamer bezat. En zo kwam het dat ik op de Apollolaan, in een huis volgestouwd met glimmende dure roze kitsch waar je van de zolder tot de kelder in je naakte donder over de vloer van bont en velours naar beneden kon rollen zonder je één keer te stoten, met een zo deftig wijf, een zeilschip met meer mast dan achtersteven, in bed kwam te liggen, dat ik mezelf hoorde vragen nadat ik over haar heen gegaan was: 'Bent u klaargekomen?' En overal in de stad kende ik op den duur de meest moeilijk langs kronkeltrappen bereikbare meisjeskamertjes, waar je de behendigheid van een klipgeit en de geilheid van een klipbok voor nodig had om er te komen. Meestal een slordig met planken afgeschoten stuk van de voor- of achterkant van de zolder waar je in het stikkedonker, tussen de was van de benedenburen door, op het licht dat door de naden kwam af koerste. Bijna altijd een reproductie aan de wand van de tekening in sepia van een Marokkaanse danseres van Delacroix, een schouwburgscène van de Toulouse-Lautrec of een paar balletmeisjes van Degas. Ik hoor hun stemmen weer de dingen zeggen die me zijn bijgebleven: 'Draai je eens om', 'Zullen we voorwerpjes bij elkaar naar binnen brengen', 'Dat ding dat ze hebben lijkt soms tien jaar ouder dan ze zelf zijn.' Gertie, zo gek als een prei, die een wand van haar zolderkamertje van onder tot boven beplakt had met schelpen en zich met haar naakte voorkant tegen die scherpe uitsteeksels drukte als ik haar met een rijzweepje een paar flinke kletsen en zwiepers voor haar billen moest geven terwijl ze riep: 'Gesel mij meester! Gesel mij!' Ze had eerst in een gesticht gewerkt waar ze wezens kreeg te verzorgen die niet aanspreekbaar waren, die niets anders konden dan liggen en slijm en derrie afscheiden en die 'plantjes' werden genoemd. Maar later had ze een cursus gevolgd om les te geven aan mongooltjes. Boven haar studeertafeltje hing een papier waarop in grote blokletters als een spreuk stond: MONGOLISME IS EEN CHROMOSOOM TE VEEL. En eronder in haar bijna onleesbare handschrift: *Mongolisme komt dus niet door alcoholisme of geslachtsziekte of als je op oudere leeftijd een kind krijgt. Het is een fout in de reductiedeling.* Ze zei over die mollige oempaschreeuwers, dat je soms heel sadistisch tegen ze moest optreden want ze waren vaak te lui om zelf hun jasje uit te doen, zo waren ze door hun ouders uit schuldgevoel verwend. Dan pakte ze ze op en zette ze de hele ochtend boven op de kast. Maar na een poosje gingen ze zich zo aan haar hechten, waren ze zo opgewonden als ze 's ochtends kwam dat ze haar op de gang tegemoet stormden en allemaal om haar heen gingen kopje duikelen van blijdschap. En van daar leidde mijn diaspora weer naar die trieste achterkamer in West met uitzicht op waranda's vol wasgoed, zinken teilen en in plastic gepakte brommers. Naar dat gescheiden vrouwtje met die drie snottebellende kleuters. Als ik daar aankwam met snoep voor de kinderen, die me oompie noemden, werd ik meteen door haar in een gammel rieten stoeltje geloodst alsof ik verschrikkelijk op krachten moest komen voor we in de slaapkamer belandden. Terwijl ze de radio aanzette zei ze dan: 'Ga jij nou maar in een gemakkelijk stoeltje zitten met een muziekje, dan gaat Ina een versterkend kopje soep voor je halen.' En dan zat ik uren met dat kleine grut op schoot te vertellen tot ik hun natte gatjes door mijn broekspijpen heen voelde. En als ik haar hielp met de afwas en ze haalde een droge theedoek zei ze: 'Wacht even boy, dan krijg jij van Ina weer een dorstige theedoek.' Het triesté gevoel dat het allemaal niet lang kon duren. Dat hun tweede vader ook weer met de noorderzon zou vertrekken. En ik was soms zo lang van huis dat er roestig water uit de spoelbak van de wc kwam als ik doortrok, als na een vakantie, en de kat als ik hem bij de buren had opgehaald alles in huis ging beruiken alsof hij bij vreemden was. En zo kwam er steeds weer iets anders. Andere ontmoetingen, andere kinderen, andere kamertjes. En dat eerste kerstfeest nadat Olga bij me weggegaan was, waaraan ik doodgegaan zou zijn van melancholie als ik dat alleen had moeten doorbrengen, stond ik op het binnenplaatsje van een armetierig benedenhuisje in de Pijp bij een Surinaams moedertje met een droom van een dochtertje van zes – ze was door haar zwarte ridder in de steek gelaten – te worstelen met een dood konijn. In een overmoedige bui had ik gezegd dat ik dat beest ook wel zoals haar man op zijn Surinaams kon klaarmaken en toen moest ik er ook aan geloven. Het moest niet gevild maar geschoren worden (en zonder dat je een knoopsgat in de huid haalde) en daarna opgepompt met de fietspomp zodat er lucht tussen de huid en het vlees kwam. Zo, met alles erin en eraan moest hij dan de oven in. En ik kon maar niet geloven dat niet eerst die darmentroep eruit moest. Maar zij zei dat het toch echt zo moest. Want dat je anders nooit de lucht erin kon houden. Maar zover is het niet gekomen. Want terwijl ik met het scheermes van haar man in mijn kouwe poten tussen die vlokken bont stond, en het me niets verwonderd zou hebben als een van de buren, die achter hun verlichte geperforeerde kerststerren vandaan naar me stonden te loeren, de dierenbescherming had gebeld, kon ik ineens niet verder. Als ik eraan dacht dat ik dat halfkale blauwgrijze mormel dat nog het meest op een mislukte pasgeboren baby leek, ook nog moest gaan oppompen, kwam mijn maag naar boven. Ik had er ineens genoeg van. In de keuken haalde ik het grote mes, vilde het konijn, sneed hem open, trok de binnenvering eruit en hakte hem op z'n janboerenfluitjes aan stukken. Ze was erg teleurgesteld, mijn zwarte prinses. En 's avonds laat bij het optuigen van het kerstboompje voor haar dochtertje was ze zwijgzaam. Maar toen ze in bed tegen me aan lag zei ze dat het allemaal niet zo erg was, dat hij morgen op zijn Hollands toch ook best zou smaken. Ik keek over haar schouder door de gevlekte vitrage de straat in waar ik in het licht van de lantaarn de eerste sneeuw van dat jaar zag vallen. En ik zei haar dat ik op kerstochtend een verrassing voor haar had. Toen ze vroeg wat het was wilde ik het eerst niet zeggen, maar toen zei ik het toch: 'Een witte kerst.' Ze draaide zich om en samen keken we naar het sneeuwen. En ze begon te neuriën van I'm dreaming of a white Christmas. En verdomme, ik zong het met haar mee. Want als je die gore slijmerige Bing Crosby neptrash niet over je lippen kan krijgen in die armoedige vuile troep van de Pijp, als je zoals ik een jaar vol ellende en rotzooi hebt meegemaakt, ben je geen flikker waard.

De vervloekingsspijkers

Het was ineens afgelopen in dat nieuwe jaar met vadertje en moedertje spelen. Ik kon geen nachten meer van huis blijven. Omdat ik zelf vader werd. Door een ongelukje. Al was het dan maar van een kokmeeuw. Ik was aan het werk in mijn atelier en zat met opgestroopte mouwen tot mijn ellebogen in de smurrie toen ik ineens een auto snerpend hoorde remmen. Toen ik naar buiten ging stond er een busje voor mijn deur. De bestuurder stond ervoor en aan zijn voeten lag een meeuw. Hij zei dat hij er niets van begreep. Hij had het beest niet eens geraakt. Het zat op de weg te pikken van een platgereden boterham en hij had geremd omdat het niet snel genoeg wist weg te komen. Het was vlak langs zijn voorruit omhooggefladderd en toen ineens neergevallen. Hij schopte voorzichtig tegen het witte lijf en zei dat hij dacht dat het beest dood was. Dat hij wel van schrik zou zijn gestorven. Ik zei dat ik hem mee naar binnen zou nemen om het nog even aan te zien, ging snel weg om mijn armen af te spoelen en kwam terug met een doos waar ik de meeuw in legde en mee naar binnen nam. Het was een kokmeeuw. Zijn snavel en poten waren prachtig felrood en bij zijn oog zaten een paar chocoladekleurige vlekjes. Maar ik had geen tijd om me er lang mee bezig te houden want de emmer brij die ik op een houten schot aan het kledderen was zou gauw te hard zijn om nog te verwerken. Terwijl ik zo bezig was kreeg ik ineens het gevoel of er naar me gekeken werd. Toen ik opkeek stond de meeuw met zijn kop boven de rand van de doos naar me te kijken. Nieuwsgierig, want voor het eerst van zijn leven was hij getuige van het maken van een schilderij. Toen ik klaar was liep ik naar de doos. Hij zakte door zijn pootjes en dook in elkaar. Voorzichtig bevoelde ik de vleugels maar het leek me dat er niets gebroken was. Daarom gooide ik hem luchtig omhoog. Maar hij viel fladderend voor mijn voeten op de grond waar hij op zijn zij met gestrekte vleugels bleef liggen. Ik pakte hem op en had meteen de eerste kwak op de vloer te pakken. Ik zette de doos in de auto en reed ermee naar de dierenarts, dezelfde die toen mijn kat midden in de nacht geopereerd had. Hij wist het nog, zei hij, terwijl hij de meeuw betastte en niets kon constateren dat hem het vliegen belette. Het had toen geonweerd, dat wist hij ook nog. Hij vroeg of we de kleine katjes nog in leven hadden kunnen houden. Ik zei hem dat ze liefderijk verzorgd waren. Dat ze van haar de borst hadden gekregen uit een maggiflesje met lauwe melk. Hij dacht dat de meeuw met een paar dagen wel weer zou gaan vliegen, dat hij kennelijk even de kluts kwijt was. Toen ik met mijn doos wegging zei hij dat ik vooral de groeten aan mijn vrouw moest doen. Ik knikte en dacht dat dat door die hartstochtelijke zoen uit dankbaarheid van Olga kwam. Want zoiets vergeet je nooit meer. Thuis zette ik de meeuw in het voorkamertje. Er stond toch niets in en aan de spreuk van die Amerikaanse trutjes ONE WHO PUTS SALT IN THE SUGAR BOWL IS A MISANTHROPE die nog steeds, bijna niet leesbaar meer door het vergeelde papier, aan de wand zat, zou hij wel geen aanstoot nemen. Ik had er nog van willen maken 'one who puts a seagull in the sugar bowl is a misanthrope' maar er kwam toch niemand meer en voor jezelf heb je aan het bedenken genoeg. Ik zette het afwasteiltje vol water midden in de kamer en een paar keer per dag ging ik naar binnen om hem fijngehakte vis te voeren. In het begin wilde hij het niet uit mijn hand eten maar toen hij hongerig genoeg was schrokte hij het van mijn ver naar voren gestoken vingers. En steeds zat ik hem even achterna om te kijken of hij om mij te ontvluchten niet op de wieken ging. Maar nee, hij bleef snel, met kletterende pootjes, eerst nog op het linoleum maar dat werd algauw een aangekoekte stinkende witbruine vlakte, voor me uit lopen. (Ik heb ook nog platen board op de grond gehad om zo, met die natuurlijke bevuiling en het patroon van de afdrukken van zijn pootjes daarin, een nieuw soort schilderijen te creëren, maar die kon ik aan de straatstenen niet kwijt. Dierenvrienden zijn zelden kunstliefhebbers. En je moest toch ook wel een slecht ontwikkeld reukorgaan hebben, want die paintings stonken naar een kippenhok in een viswinkel.) Als ik 's avonds thuiskwam en ik deed ineens het licht op als ik de kamer in ging, stond hij op één rode poot midden in het afwasteiltje met water. En dan wist ik hoeveel moeite het me zou kosten om hem vrij te laten als hij ooit nog eens zou gaan vliegen. In het begin van dat jaar, het meeuwenjaar mag ik wel zeggen want ik heb dat lieve dier waar ik steeds meer aan ging hechten en waar zelfs mijn poes aan wende op den duur, bijna acht maanden te logeren gehad, kwamen alleen maar wat vage berichten door over Olga. Dat ze een paar maanden na de scheiding halsoverkop in Schotland had willen trouwen. Maar dat ze er op het laatste moment toch maar van afgezien had en de vastgestelde negen maanden rustig uitwachtte. Maar haar moeder wilde zich op de valreep nog even duidelijk manifesteren. In al haar giftigheid. Ze stuurde me een rekening. Via haar advocaat. Ze wilde me godverdomme het linoleum laten betalen dat ze Olga twee jaar daarvoor voor haar verjaardag had gegeven. Van die smerige strontkleur stond ze ineens op stralend middellandsezeeblauw in haar keukentje. Toch had ze het in korte tijd vol putjes getrapt met haar hoge hakken en op sommige plaatsen was het zelfs helemaal geperforeerd. En daar zou ik nu nog voor moeten betalen. Ik ging meteen naar een advocaat. Niet naar die smerige corrupte pad van de scheiding. Nee, deze keer trof ik een fatsoenlijke man die een net maar vernietigend briefje aan haar advocaat terugschreef: *Mijn klient deelt mij mede dat uw kliente de werkzaamheden, waarop de door u genoemde nota's betrekking hebben, uit liberaliteit tegenover klient en haar dochter heeft doen verrichten en dat er geen sprake van is dat deze nota's bij wijze van voorschot voor klient zijn voldaan. Klient ziet derhalve geen reden enige betaling aan uw kliente te verrichten.* Zo, daar kon ze het mee doen. En daar deed ze het ook mee, want ik hoorde er niets meer van. In de herfst van dat meeuwenjaar (hij sprong zelfs op mijn schoot, als ik vis in mijn hand had) zag ik Olga ineens in de Bijenkorf. Ik liep als een fakir te sjouwen met een spijkerbeeld uit de Kongo onder mijn arm dat ik met een vriend voor een schilderij van hetzelfde gewicht had geruild. Ik had het niet in mijn auto achter durven te laten omdat geen enkele deur van dat vehikel meer op slot ging. Zijn lijf zat vol met roestige spijkers als een stekelvarken en in zijn buik zat een spiegeltje als een ingebouwde televisie. Ineens zag ik die Olga daar staan graaien in een bak met handschoenen. Herenhandschoenen, schoot het meteen door me heen, voordat ik bedacht dat het Olga nooit kon zijn omdat ze blond was. Een hele tijd bleef ik naar haar kijken voordat ik achter haar ging staan en zei: 'Thuis heb ik nog een envelop met rood haar van je.' Ze draaide zich om of ik een kuitenprikker was. Toen raakte ze helemaal in verlegenheid en bloosde. Daarna trok haar gezicht weer strak en ze keek me uitdrukkingloos aan of ik iemand uit de massa was. En ik moest denken aan wat iemand tegen mij gezegd had die haar niet lang ervoor had ontmoet: 'Die warme blik is uit haar ogen.' Ik zag dat het waar was en ik wilde er gewoon niet aan. Ik wist haar in de lift te krijgen naar de koffiebar en nam me voor niets meer over dat rooie haar te zeggen. Daar zaten we dan, met uitzicht over de stad en het beeld voor ons tussen de kopjes. Ik voelde me zo krankzinnig treurig omdat er in het begin niets van vroeger overkwam. Het was net of ik aan mijn zoveelste avontuurtje was begonnen. Of ik over een uur weer de bijsmaak van een vluchtig bedbezoek in mijn mond zou hebben. En daar kon ik niet aan denken als het over Olga ging. De Olga van vroeger. Ik vroeg haar voor wie ze handschoenen moest kopen en ze zei: 'Ik keek zomaar.' Toen vroeg ze wat dat voor een ding was terwijl ze haar peuk niet uitdrukte maar er een nieuwe sigaret mee aanstak. Ik zei dat dat beeld met dat spiegeltje de zetel van een geest was. En dat die spijkers vervloekingsspijkers waren. Dat je die erin sloeg als je een vijand kwaad toewenste. Zonder te glimlachen zei ze dat ik er dan zeker heel wat voor haar ingeslagen had. Toen moest ik lachen en ik zei dat ik er kaal mee in de Bijenkorf gekomen was maar dat ik hem, toen ik haar daar zag staan, als de sodemieter volgeramd had. Als ik naar haar keek, keek ze me niet aan. Dat kwam door dat haar. Ik kon er niet goed naar kijken. Hoe had ze het kunnen doen. Die kip zonder kop. Ze zag er geknakt uit. Zielig. Maar ook onecht. Als een foto die ingekleurd is. Toen ik van de meeuw verteld had die de vloer in het kamertje met een steeds dikkere laag vuil bedekte, begon ze ineens over haar moeder. Zeker omdat ze zich schaamde over die rekening van dat linoleum. Ze zei dat haar moeder toch ook lief was. Dat ze altijd op haar kon rekenen als ze weer naar huis wilde komen. Maar ze nam wel te veel geld uit de zaak op terwijl het niet zo best ging. En ieder jaar moest en zou ze in vol ornaat als Die Lustige Witwe met haar vriendin naar de wintersport in Oostenrijk. Met het personeel had ze ook steeds moeilijkheden. Toen er een keer een handdoek uit het toilet verdwenen was had ze er geen andere voor in de plaats willen laten hangen voordat hij terug was. Ze had een papier onder het haakje geplakt waarop ze had geschreven: HETGEEN HIER HING IS GESTOLEN OP 26 MEI! Toen ik haar vroeg hoe ze het zelf maakte en of ze nog lief was zei ze terwijl ze me bits aankeek: 'Zie je dat niet. De hartstocht straalt toch uit mijn ogen.' Maar even later zat ze een beetje moedeloos het verhaal van dat eerste avontuurtje te vertellen. Dat het maar even geduurd had omdat die man een slappeling was. Hij was getrouwd met een Engelse vrouw. Dat had hij in het begin machtig interessant gevonden en hij probeerde Hollands te praten als iemand die al twee jaar geëmigreerd is. Maar hij durfde niet te scheiden omdat zijn vader gedreigd had hem dan te onterven. Hij was gewoon impotent van angst voor die man. Hij zat steeds bij haar te janken om zijn zoontje dat ongelukkig was en dat hij ook al niet in de steek kon laten. Ze zei dat hij zo'n medelijden met zichzelf had dat hij een keer toen ze in een hotelletje zaten in Kijkduin zelfmoord had proberen te plegen waar ze bij was. Met slaaptabletten. Terwijl hij zijn gezicht stond te bestuderen in de spiegel boven de wastafel. Het was allemaal show geweest maar omdat hij zichzelf zo interessant vond had hij er per ongeluk te veel ingenomen. Ze had een ambulance moeten bellen om hem weg te laten halen. In het ziekenhuis hadden ze zijn maag leeggepompt. Toen zijn vader haar ook nog gebeld had en gezegd had dat het nu wel weer mooi was geweest, dat het afgelopen moest zijn, dat hij drie of vier van die drakerige avontuurtjes per jaar opvoerde, had ze er ineens genoeg van. En ze had hem zelfs in het ziekenhuis niet meer opgezocht. Maar haar moeder was razend geweest. Want die kreeg haar er niet alleen bij in de kost maar ze verloor ook nog alle klandizie van die zaak in Rotterdam. Toen ik haar vroeg waarom ze toen niet naar mij teruggegaan was zei ze: 'Dat kon ik niet. Ik wilde alleen maar rustig leven zodat ik me prettig voelde. En verder niets. Wat uitgaan en aan bars zitten. Gewoon onder vreemde mensen zijn.' Ik zei haar dat ik altijd gedacht had toen ik hoorde dat ze hertrouwd was dat het met die man was. Ze schudde haar hoofd en zei dat ze na al die ellende niet meer tegen de adem van die man in haar nek gekund zou hebben. Ze was nu getrouwd met een zakenrelatie uit Alkmaar. Die man was alleen maar geïnteresseerd in voetbal en Churchill. Daar wist hij alles van. Toen ik haar vroeg of haar moeder daar weer achter had gezeten viel ze ineens fel tegen me uit: 'Jij denkt maar dat mijn moeder overal de schuld van is. Die man kwam al jaren bij ons aan huis.' We zwegen een poos en ze zat een beetje met haar vingers aan de spijkers in dat beeld te prutsen en zei dat je dat spiegeltje erin best zou kunnen gebruiken om je in op te maken. Ineens vroeg ik haar of ze gelukkig was. Ze knikte en toen ontdekte ik weer iets van de Olga van vroeger toen ze vertelde dat ze een klein groen waterschildpadje had in een aquarium met een stukje boomschors en dat ze zo graag een schildpad wilde hebben die helemaal kon verdwijnen in zijn schild zoals we vroeger gezien hadden in Artis. Een doosschildpad. En dat ze een jong geitje wilde hebben van het voorjaar. Ik vroeg haar lachend of ze nu al eens een leeg zwembad had gezien, want dat ze vroeger gezegd had toen we langs het Mirandabad liepen: 'Ik heb een diep verlangen om een zwembad zonder water te zien.' Ik zei haar dat ik er daarom vorige winter binnengelopen was toen de deur openstond. Dat het vreemd en beklemmend was die grote bakken van blauwgroene tegeltjes met opgehoopte dorre bladeren in de hoeken en al die lege kleedhokjes. Dat alleen het verlaten speelveld er vriendelijker uitzag en aan de zomer deed denken. Alsof de schimmen van die dikke zeehonden uit de buurt die daar 's ochtends om zeven uur een 'zwemmetje' gingen maken en wat onhandige oefeningen doen om af te slanken, er nog rondwaarden. Ze wist ook nog dat ze een keer midden in de winter door een wesp gestoken was. In de sneeuw in het Amsterdamse Bos. Ze had haar handschoenen vergeten en daarom had ze haar mouwomslagen naar beneden gedaan. En daar had hij in gezeten om te overwinteren. Ineens verkilde ze weer. Ze stond zichzelf niet toe te vertrouwelijk te worden en over het vroeger van twee jaar geleden te praten dat zo verschrikkelijk ver weg leek. Het paste ook niet bij haar zoals ze nu was, zoals ze eruitzag. Maar ik kon toch een gevoel van triomf niet onderdrukken en ik dacht: 'Jij komt nog wel.' Alleen zou ze nog veel meer op haar sodemieter moeten hebben van het leven. Ze liep met me mee tot aan mijn auto en was er meteen verliefd op. Ze vroeg of ik nog wist dat we een keer toen ik een voorschot voor een opdracht had gekregen op een advertentie af waren gegaan voor een oude Jaguar van vlak na de oorlog. Ik zei dat die garagehouder beledigd was geweest omdat we voor die zevenhonderd gulden ook nog hadden geëist dat dat ding reed. Ze moest lachen en toen ging ze even op mijn plaats achter het stuur zitten. Ze drukte het gaspedaal in en de rem en de ontkoppeling. Ik keek naar haar bewegende benen en moest aan die eerste keer denken dat ik haar ontmoet had. Toen ik met haar meeliftte. Ze kwam eruit en zei dat dat geen kleren waren voor zo'n auto. Dat je daar met een broek en een trui in moest zitten. Maar dat dat niet meer kon. Ze moest nu een mevrouw zijn. Terwijl ik het spijkerbeeld aan de andere kant de auto binnenloodste boog ze naar binnen en bekeek een schilderij van mij dat tegen de achterbank stond. Ze vroeg of ik tegenwoordig zulk werk maakte en of ik dat nu wel kwijtraakte. Ik zei dat ik ze veel verkocht. Aan jonge pasgetrouwde intellectuelen in die nieuwe flats in de buitenwijken. Omdat ze geluiddempend werkten. Maar dat ik soms hele autoladingen in de Amstel mieterde. Net als vroeger met de kinderwagen. Ze haalde haar schouders op en zei dat ze weg moest. Ze gaf me een hand en ik stak mijn hand heel natuurlijk en vrij naar haar uit want ik had geen moment verwacht dat we zouden zoenen bij het afscheid. Ze zei dat we elkaar wel weer eens tegen het lijf zouden lopen. Daarna verdween ze tussen de mensen. De eerste weken na die ontmoeting voelde ik me verschrikkelijk rot. Het was of door dat verhaal van haar over die eerste verhouding die ellende van toen ongegrond werd. Of die hele geschiedenis snotbanaal werd als een melodrama. En natuurlijk vond ik troost bij mijn meeuw. Niet zoals dierenvrienden doen die hun mensenhaat die harige oortjes binnenfluisteren of hun papegaai leren vloeken. Maar gewoon rust. Het was net of ik in Artis in Heimans' Diorama was als ik daar op die ouwe stoel met het zeegras uit de zitting zat te kijken naar die meeuw van me die doodstil op die plaat vogelmest stond als op een zandbank. Of met zijn rode pootjes driftig roeiend rondzwom in de grote teil en het water met zijn vleugels in grote parels over zich heen plensde. En toen ik op een ochtend binnenkwam vloog hij ineens op en ging met grote krachtige vleugelslagen om me heen vliegen. Het was of de ruimte aan stukken sloeg. Of hij met zijn vleugelpunten de wanden van het kamertje omver duwde. Hij bleef maar om me heen vliegen. En toen heb ik staan grienen. Ik heb die hele vuile gore rotellende van die afgelopen twee jaar eruit staan janken. En met mijn smoel strak van het huilen heb ik hem in een doos naar de Dijk aan de Amstel gereden. Daar, op die opgespoten zandvlakte, met in de verte boven de plassen water de meeuwen, deed ik de doos open. Hij vloog meteen omhoog de ruimte in. En zoals het hoort bij het afscheid van een vogel cirkelde hij een paar keer boven mijn hoofd. Toen was hij ineens opgenomen in een hele vlucht schreeuwende en krijsende soortgenoten. Ik had willen roepen, schreeuwen, maar ik kon geen geluid uitbrengen. Het was of iemand van achteren zijn handen om mijn nek had gedaan en met zijn vingers uit alle kracht mijn strot dichtkneep.

Nice dolls & Judaspoppen

Dagenlang heb ik op mijn knieën gelegen in dat kamertje om die aangekoekte vogelmest van de vloer te schrapen. Op den duur lukte dat ook aardig maar het bleef onbewoonbaar. Je kon de stank, een pittige melange van kippenstront en gedroogde schar, er snijden. Het leek wel of de muren het uitwasemden maar het kwam van de afgeweekte drab die met het schrobwater onder de plint was gelopen. Ik heb er van alles aan proberen te doen. Zeeppoeder gestrooid, eau de cologne gesprenkeld, een bak met terpentijn neergezet. Het hielp niet. Dan rook je een paar dagen die andere rotlucht en dan kwam geleidelijk die penetrante stank weer uit hoeken en naden omhoogwalmen. Ik kon het niet meer verhuren. Het kon alleen nog maar, net als in de tijd van Olga, als rommelkamer dienst doen. En zo werd mijn eenzaamheid weer volkomen. Zonder kind of kraai werd bij mij zonder meeuw of meid. Ik bemoeide me met niemand. Ik werkte en ik sliep. Na die laatste ontmoeting met Olga was het of er iets in me geknapt was. Alle illusies en hoop waar ik maanden lang door alle rotzooi heen toch nog op geleefd had waren verdwenen. En zoals anderen aan de drank gaan of aan de dope, verdoofde ik me door te werken. Van 's ochtends vroeg tot 's nachts. Zo ging een jaar voorbij, toen hoorde ik weer iets van haar. Van een vroegere vriendin van ons waar ze vrij regelmatig kwam. Een maand nadat ik haar ontmoet had in de Bijenkorf, had ze die opgezocht om het adres van een dokter die haar zou kunnen helpen. Ze was zwanger geworden en toen was het meteen afgelopen met haar tweede huwelijk. Ze verdroeg die man niet meer om zich heen had ze gezegd. 's Avonds deed ze de slaapkamerdeur achter zich op slot en hij ging het huwelijksdebacle smoren aan de tapkast. Iedere avond kwam hij dronken thuis en viel dan als een blok in slaap op de divan in de kamer. Maar toen hij agressief begon te worden en op een nacht al het meubilair aan stukken ranselde, de slaapkamerdeur opentrapte en haar, met zijn stinkende bieradem in haar gezicht, probeerde te verkrachten, vluchtte ze weer met een koffertje kleren naar haar moeder. En omdat de dokter van die vriendin al aborterend met de justitie in aanraking was gekomen, liet ze het kind door een omsteekster met zeepsop wegmaken. Ze hield er een paar ontstoken eierstokken aan over en één moest na enige tijd weggenomen worden omdat hij haar kut uit stonk. En nu stond ze alweer op het punt om met een Amerikaanse ingenieur te trouwen die bij een oliemaatschappij in dienst was. Omdat die vriendin zei dat ze van plan waren meteen na het huwelijk naar Amerika te vertrekken en ik haar misschien nooit meer zou zien, schreef ik haar een briefje. Na een paar dagen belde ze me op vanuit Beverwijk, waar ze, met haar toekomstige man en een paar andere Amerikaanse echtparen die bij dezelfde maatschappij werkten, een huis had gehuurd. We maakten een afspraak voor de volgende dag en uren voordat ze kwam liep ik al als een tijger tegen voedertijd heen en weer in mijn atelier. Ik probeerde alles met haar ogen te bekijken. Of dit of dat al zo was toen ze nog bij me was. En toen was ze daar ineens zelf. En ze ging net zo rondkijken als ik daarnet. Ik vroeg me af wat er in haar omging. Of ze de cactussen miste en al haar portretten in gips waar ze zoveel uren voor geposeerd had terwijl ze luisterde naar platen van Sonny Rollins of Miles Davis. Bij het beeld van haar met de kat bleef ze heel lang staan. Toen vroeg ze waar de kat was. Hij lag gewoon op een stoel te slapen. Hij had niet gereageerd op haar stem. Het was te lang geleden. Ze ging niet eens naar hem toe, keek alleen maar een beetje schuw zijn kant op. Misschien was ze wel blij dat hij zo rustig bleef slapen. Het zou ook een vreemd gezicht geweest zijn als ze hem in haar armen had genomen. Ze ging zitten en ik zette een fles cognac en glazen op tafel. Ik was van haar geschrokken toen ze binnenkwam. Zo mager was ze geworden en zo slecht en onrustig zag ze eruit. Haar haar was weer rood en zo kort als van Jean Seberg. Ze had gezegd dat dat wel moest om het blond eruit te krijgen. In het begin had ze eruitgezien als een gebleekte poedel. Maar het moest, want ze had het voor die vorige man gedaan. Ze had het wel meteen met hem uit haar leven willen knippen. Ze schonk zichzelf een glas in en zei dat het nog precies zo was als vroeger. Op die schilderijen na. Ze had de cactussen niet gemist. En ook haar portretten niet. Ze was het misschien allemaal al vergeten. Ik zat maar zo'n beetje naar haar te kijken. Ze werd er zenuwachtig en onzeker van en ze vroeg of ik vond dat ze oud was geworden. Ik lachte lief naar haar en zei dat ze ouder maar niet oud was geworden. Maar ik kon wel grienen om die mooie schat van me van vroeger. En toen kwam al cognac drinkend het verhaal van haar tweede huwelijk. Dat ze al die maanden in doodsangst had geleefd om zwanger te worden want dat hij nergens op wilde letten. Dat hij grof en dom was en dat er niets waardevols bij geweest was. Dat ze bij hem het idee had gehad of ze in een groot konijnenhok woonde. Met niets dan stro en haar eigen keutels. Dat ze niet eens meer wist hoe hij eruitzag. Dat ze hem totaal vergeten was. Ik vroeg haar of ze ook zo over mij dacht, maar ze zei dat als dat zo was ze hier niet zou zijn. Toen stond ze op en liep naar de boomstam toe die nog steeds midden in mijn atelier stond en ze vroeg of ik nog wist dat hij uit hun tuin kwam. Ik zei dat haar moeder hem al een maand na de dood van haar vader had laten omhakken omdat hij het huis zo somber maakte. Dat haar vader dat nooit gewild had. Ze wist ook nog dat toen hij pas bij ons stond er uit zijn bast zo hier en daar kleine takken kwamen met tere groene blaadjes. Alsof hij het laatste beetje leven dat nog in hem zat eruit had willen persen. Maar ze verdorden binnen een paar weken omdat hij geen voedsel en vocht meer uit de grond kon halen. En ze wist ook nog dat toen die stam er pas stond er een enorme stroom rode mieren uitgekomen was die dwars door het atelier liep naar een spleet in de grond waar ze in verdwenen. Het had de hele dag geduurd voordat ze allemaal weg waren en ze had er van mij geen vergif op mogen strooien. Ik zei dat die mieren de kleur van haar haren hadden gehad en dat het daarom niet mocht. Maar ik had toen net het gevoel gehad of ze door de grond heen naar haar vader gingen. Naar de tuin waar ze hoorden en waar ze altijd hadden geleefd. Ze kwam weer zitten en toen ze naar foto's van vroeger vroeg omdat ze nieuwsgierig was hoe ze er toen uitzag, zette ik de hele bak voor haar op tafel. Ze bleef er eerst even roerloos naar zitten kijken met haar glas in haar hand. Toen haalde ze ze er één voor één met tegenzin leek het wel uit en bekeek ze lang en aandachtig. De foto's uit het begin toen ze er nog ondeugend uitzag. Met het roze hoedje en die prachtige volle mond en die naakte schouders uit die zwart-wit gestreepte trui die ik later verbrand heb. Als een zigeunerin in haar gebloemde lange nachtjapon geleund tegen het gevlekte grijze linnen van het tenthuisje achter de duinen, met die schwung in haar heupen en haar smoel nog dik van de slaap. En ik vroeg me af of ze er aan dacht dat ze daar achter dat gore linnen met dat kleine bergeendje tussen haar mooie tieten geslapen had en hoe gelukkig we er geweest waren in dat witgekalkte houten bed. In werkkleding met een doek om haar hoofd en onder de witte spetters als ze me hielp bij het gipsgieten. Dansend in zee met haar hele mollige toestand terwijl een vissersboot tussen het opspattende water door zichtbaar was. Met de poes op haar arm van katje tot kat. Op het balkon bij het schoonmaken van de inmaakuitjes. En later trots voor de plank met volle glazen potten toen ze ze op azijn had gezet met de rode pepers en laurierbladen duidelijk herkenbaar tussen de lichte bolletjes. Ik keek intens naar haar terwijl ze zo in vogelvlucht door de legpuzzel van ons leven schoot. Ik zag dat haar gezicht de emoties terug wilde dringen. Soms zei ze voor zichzelf: 'Toen had ik die paarse jurk aan.' 'Dat was voor de sleedoorn. Op het hoekje. We hebben ze in het donker geplukt met de zaklantaarn. Dat wist ik ook niet meer.' Bij de naaktfoto's van zichzelf zat ze zich gewoon te schamen. En dan wist ze nog niet eens hoe vaak ik me ernaar kijkend bij had afgetrokken terwijl ik als een waanzinnige dat blonde vlees van haar uit dat grijze plaatje tevoorschijn probeerde te halen. Ik zei dat die ene voor de spiegel genomen was nadat ze zich staande voor me had gevingerd. Dat je dat nog kon zien aan haar omgekrulde lippen. Ze deed net of ze het niet hoorde en ging weer verder met het bekijken. Maar ineens zei ze dat ze een minderwaardigheidscomplex had gekregen over haar figuur. Dat haar borsten niet meer waren zoals vroeger toen iedereen zei: Olga heeft de mooiste. En dat ze op het strand pan-cake op haar dijen deed om de spatadertjes te bedekken. Ze kleedde zich ook nooit meer bij daglicht uit en droeg altijd lange mouwen omdat ze die sproeten op haar bovenarmen niet leuk meer vond. Toen ik zei dat ik ze nog één voor één zou willen zoenen zei ze dat ik haar nog steeds zag zoals ze toen was. Dat ik haar idealiseerde, maar dat ze allang geen ideale vrouw meer was. Dat de man waar ze nu mee ging trouwen van haar hield zoals ze nu was. Of ze nou dronken was en dan verkeerd ging bieden bij het bridgen omdat ze dan dacht dat ze een hele kei was of wanneer ze haar haar heel anders ging dragen. Toen ik haar vroeg wat voor man het was, zei ze dat ik zou vinden dat hij een verschrikkelijk interessant gezicht had. Dat hij verschrikkelijk lelijk was. Niet qua trekken, maar dat hij een pokdalig gezicht had. Een indiaans gezicht. Hij leek op Humphrey Bogart zei ze. En hij droeg haar op handen om een Courts Mahler uitdrukking te gebruiken. Toen ik zei dat ik dat ook gedaan had, zei ze dat ze dat wel wist maar er kwam meteen een stroom van verwijten. Dat ze zich opgesloten had gevoeld en in al die jaren geen een keer alleen de stad in was geweest. Dat ik veel te vaak met haar naar bed ging. Dat het al begon als ze 's ochtends koffie stond te zetten in de keuken. Dan had ze gedacht, daar komt het weer. Ze had het uitgerekend, soms zeven keer op een dag. Dat was niet normaal meer. Ik had gewoon satyriasis. Toen ze vroeg of ik dat nog zo had zei ik dat als zij bij me gebleven was wel. Toen ik haar vroeg of ze niet kon lachen om al die dingen van vroeger, zei ze: 'Nee, ik lach niet meer. Toen ik begon dacht ik, het leven is een sprookje. Ik ga trouwen, ik word gelukkig. Maar ik ben wel heel wat minder gelukkig dan ik dacht te worden.' Zwijgend bleef ze een poos zitten kijken naar de foto die ze in haar hand had, waar ze op stond met het bergeendje tegen haar wang gedrukt. Ze zag er daarop zo lief en gelukkig uit. Als een roos uit een duinvallei. Ik zag dat ze slikte en zei dat ze alle foto's die ze wilde hebben apart moest leggen. Dan zou ik er afdrukken voor haar van laten maken. Maar ze schudde haar hoofd en legde de foto omgekeerd in de bak terug. Toen schoof ze die van zich af naar het midden van de tafel en zei, terwijl ze opstond, dat ze nog wel eens een keer iets zou komen uitzoeken, maar dat ze nu weg moest omdat ze nog een fles cognac moest kopen voor vanavond bij het kaarten. En het was bijna zes uur. Ze beloofde dat ze voor ze naar Amerika vertrok nog eens langs zou komen. Bij de deur pakte ik haar ineens vast en gaf haar een zoen op allebei haar wangen. Want ik dacht dat ik haar nooit meer zou zien. En de tranen liepen bijna over mijn smoel. Maar ze kwam toch. Een week later. Met haar man waar ze twee dagen daarvoor mee getrouwd was. Hij leek inderdaad op Humphrey Bogart en ik zag dat het waar was wat ze over hem gezegd had. Dat hij haar op handen droeg. Hij keek net zo naar haar als ik die jaren naar haar gekeken had. Ze was eindelijk weer de schat van iemand en ik was er zelf bijna gelukkig om. Maar hij was ook bang dat hij haar zou kunnen verliezen. Zoals ik het was geweest. Want toen ze van het lage bankje waar ze naast hem zat opstond om naar de wc te gaan, sloeg hij ineens zijn armen om haar benen. Het was zomaar een instinctieve reactie en hij lachte een beetje verlegen. Toen ze terugkwam vroeg ik of ze nu gelukkig was nu ze voor de derde keer getrouwd was. Ze zei dat ze wel gek op hem was, maar op een andere manier dan ze misschien had willen zijn. Dat ze nog zoveel antwoorden niet wist. Alleen als ze dwars tegen de draad in was, dan wist ze overal antwoorden op. Maar het was een schat van een man. Ze keek vertederd naar hem zoals hij daar voor de boekenkast aandachtig naar de negerplastieken stond te kijken en zei: 'Mijn vader zei altijd dat Amerikanen een ongeciviliseerd volk waren. Maar ze weten alles over de historie van Amerika, alles.' Hij voelde dat ze naar hem keek en dat we over hem praatten. Hij draaide zich om en glimlachte naar haar. Toen wees hij naar de negerplastieken en zei: 'Nice dolls.' Ik zag dat Olga zich een beetje schaamde, want dat was nou niet direct de benaming voor die dingen. Maar toen ik er met hem over ging praten en ze ook dolls noemde, keek ze me lief aan. Ze zei dat het zo moeilijk was met de taal. Want ze sprak wel gewoon goed Engels, maar als ze iets moeilijks wilde zeggen of iets van zichzelf wilde uitleggen, dan dacht ze vaak, laat maar. Dan was het haar gewoon te veel moeite. Een poos geleden had ze, toen iemand iets stoms deed bij het kaarten, gezegd: 'That mouse will have a tail.' Toen waren ze allemaal in lachen uitgebarsten. En ze wist nog steeds niet of het was omdat die uitdrukking in het Engels helemaal niet bestond of om de situatie. Hij moest er nu weer om lachen en hij sloeg zijn arm om haar heen toen hij naast haar kwam zitten. Ze zei dat ze het zo fijn vond dat ze met hem nooit ergens vast zou wonen. Dat ze steeds van de ene plaats naar de andere zou trekken. Dat ze altijd een gemeubileerd huurhuis zouden hebben. Niets meer bij zich dan een paar koffers met kleren. Altijd leven tussen meubels die van niemand waren of van iedereen. En ze vertelde opgewonden dat hij haar, voor ze naar de Arabische Golf vertrokken, heel Amerika zou laten zien. Van Nebraska tot Texas. En dat ze in het voorjaar op huwelijksreis naar Mexico gingen. Een uitgestelde honeymoon. Toen ik weer met de bak met foto's aankwam stond ze snel op en duwde me er gewoon mee terug. Hij wilde ze graag zien, maar het mocht niet van haar. Ze zei dat ze er geen tijd meer voor hadden, dat ze meteen weg moesten, want dat ze het nog razend druk hadden die laatste dagen voor hun vertrek. En ze beloofde dat als het even kon ze nog een keer zouden aankomen. Maar ik wist zeker dat ze om die foto's weg zou blijven. Dat hij haar niet te zien zou krijgen zoals ze geweest was. Dat hij alleen maar van haar mocht houden zoals ze nu was. En zo was het, want ik hoorde een paar maanden niets meer van haar. Toen kreeg ik een prentbriefkaart uit Amerika met een kleurenfoto erop van een huis met de bekende gietijzeren balkonhekken in New Orleans. Ze had er achterop geschreven, even moeilijk leesbaar als haar liefdesbrieven van vroeger: *This is a very big country. Amerika is een geweldig groot land. In Florida kwamen we midden in een soort oerwoud in een stortregen terecht. Er lagen allemaal takken op de weg die afgebroken waren omdat het mos dat eraan hing te zwaar geworden was van de regen.* (Ik moest denken toen ik dat las aan de eerste keer dat ik haar ontmoet had en met haar meegelift was over die weg die vol lag met takken die door de ijzel afgebroken waren.) *We moesten soms stoppen om ze opzij te slepen. Er stak ook nog een schildpad over. Zo maar in het wild! Best regards!*

Olga. En dat voorjaar kreeg ik nog een kleurenfoto van een The troubles with Harry-achtig herfstlandschap. AUTUMN IN THE FEATHER RIVER COUNTRY OF CALIFORNIA. Geen verhaal erop, alleen de groeten. Maar uit Mexico stuurde ze me een briefje. Veertien dagen na Pasen. Ze schreef dat ze ineens midden tussen de huizenhoge cactussen en muilezels aan mij had moeten denken. Ze had een hommel en een vlinder samen op een soort distel zien zitten en toen had ze ineens het Verkade-album De Bloemen en haar Vrienden voor zich gezien dat ik had. Ze schreef ook dat ze daar een afschuwelijke gewoonte hadden. Op Paaszaterdag verbrandden ze overal Judaspoppen die ze al dagen van tevoren gemaakt hadden. Ze waren door een dorp gekomen waar ze levensgroot stonden te branden en haar man had gezegd dat het net de *Ku Klux Klan* was. En dat ze soms midden in die hitte naar Alkmaar verlangde. Naar de groene weiden en de sloten. Daarna druppelde er weer van tijd tot tijd een prentbriefkaart binnen. Uit Manzanillo. (Een kleurige vismarkt met reusachtige waterschildpadden.) Vera Cruz, Yucatan. (Een tempel gewijd aan de een of andere menseneter, zoals ze erop had geschreven.) En iedere keer als ik zo'n kaart van haar in mijn brievenbus vond kon ik de verdere dag niet werken van melancholie en een gevoel van vergeefsheid. Het was misschien beter geweest als ze toen niet bij me aangekomen was en ik nooit meer iets van haar had gehoord. Want het ging erg veel lijken op die derderangsspreuk die die Amerikaanse trutjes indertijd op het voorkamertje aan de wand hadden geprikt: THERE'S NOTHING SADDER THAN ASSOCIATIONS HELD TOGETHER BY NOTHING BUT THE GLUE OF POSTAGE STAMPS. Het leek wel of die verre schat van me het voelde want ineens hoorde ik een halfjaar niets meer van haar. Tot Kerstmis van dat jaar. Toen kreeg ik weer een kaart. Maar bijna van de andere kant van de aardbol. Met een plattegrond van de Arabische Golf erop. Boven een erg blauwe zee hing een lint waarop stond: GREETINGS FROM TRUCIAL STATES. Links onderaan stond een Arabier op een kameel afgebeeld en rechts een palmenrijke oase. Daartussen langs de kust de rode stippen waar het land door boortorens als muggen uitgezogen werd. Op de achterkant had ze geschreven met een pijltje naar de paarse postzegel waarop in een groen ovaal de een of andere sheik prijkte: *Hier is dan de echte 'Sheik of Araby' waar jij toen ik je pas leerde kennen dat nummer van Benny Goodman van draaide.* Verder schreef ze nog dat ze in het begin bang was geweest van de gesluierde vrouwen. Dat de kamelen 's morgens en 's avonds om het huis heen liepen net zoals de ratten en dat ze in een gebied waren geweest dat juist door sprinkhanen verlaten was. Het was helemaal kaal en troosteloos en alles was kleverig en het rook bitter. En de mannen keken zo erg naar haar dat haar man jaloers was. Ze eindigde haar krabbeltje met de belofte dat ze gauw, zodra ze een beetje op al dat nieuws uitgekeken raakte, een brief zou schrijven. En die kreeg ik ook. In het begin van het nieuwe jaar. Een van drie kantjes: *De winter betekent hier zandstormen en verkouden mensen. Gisteren hebben we ongeveer tien druppels regen gehad. We wonen in het centrum van de stad tegenover een moskee in een nieuw flatgebouw tussen allemaal Arabische krotten. Het is op het ogenblik Ramadan, vasten voor de moslims. Van zonsopgang tot zonsondergang wordt er niets gegeten of gedronken en roken is verboden. Zelfs voor ons is het verboden te eten of te roken op straat of in de auto. Als ze het merken volgt er gevangenisstraf. Om halfzes als de zon ondergaat worden er twee kanonnen afgeschoten als aperitief en iedereen tovert dan eten tevoorschijn en het gezang, voor mij gejammer, neemt een aanvang in de moskee. Dit bidden duurt uren en klinkt verschrikkelijk onmuzikaal. In het begin had ik moeite om het te onderscheiden van de krolse katten die hier om het huis zwerven. 's Nachts om drie uur zit ik stijf van angst in bed. Dan wordt iedereen gewaarschuwd dat ze zich nog eens voor een laatste maal vol kunnen proppen. Dit gebeurt door middel van twee trommels die bespeeld worden op een manier die zelfs Hitler af zou schrikken. Ze gaan door alle straten en ieder moment verwacht je je moordenaar. Dit vasten duurt vier weken.* Ze schreef ook nog dat ze er op tortelduiven jaagden. Precies dezelfde zoals wij vroeger hadden gehad. In het begin was ze daar woedend om geweest. Maar later had ze ze gegeten met veel knoflook en citroen. Het leek wel of ze me ermee wilde pesten want ze schreef dat ze ook schapenhersens had gegeten, en zelfs, onwetend, schapenogen. Het had haar moeite gekost om toe te geven dat de smaak prima was. Daarmee besloot ze ook haar brief. Ze had het lekkerste voor het laatst bewaard. Voor het allerlaatst. Want ik kreeg geen brieven meer van haar of kaarten met GREETINGS FROM TRUCIAL STATES!

Fuck me I'm desperate

Acht maanden na die schapenhersens en schapenogen kwam ze ineens bij me aan. Ze was de hal van de flat al binnen en tikte tegen mijn deur. Toen ik opendeed dacht ik dat ze in mijn armen zou vallen, zo wankel stond ze op haar benen. Een zonnebril zat omhooggeschoven in haar haar zodat ze op een slijkspringer leek. Ze zag lijkbleek en had een groot vers litteken op haar rechterkaak. Maar toen ik haar al te duidelijk als een soort halve invalide naar binnen wilde loodsen duwde ze me vinnig van zich af en zei dat ze niets had. Dat ze alleen maar niet kon wennen aan dat rotklimaat hier. Ik dacht eerst dat ze met verlof in Holland was, maar toen ze eenmaal met haar koffie zat vertelde ze dat haar moeder haar met het vliegtuig had teruggehaald. Ze had een telegram gestuurd en de teef was meteen gekomen om het jong naar het nest terug te slepen. Ik keek maar naar dat litteken van roze ruw vlees en bruine vlekken. Maar ik vroeg er niet naar. Ze zou het wel uit zichzelf gaan vertellen. En dat deed ze ook. Al tijdens de reis door Amerika waren er moeilijkheden. Die andere eierstok was ook steeds ontstoken en die hele toestand daar van binnen was in de war geraakt. Om de veertien dagen was ze vijf dagen ongesteld. En als hij met haar naar bed wilde deed het verschrikkelijk pijn. In het begin was hij erg begrijpend en lief voor haar geweest. Maar toen ze eenmaal aan de Arabische Golf in hun flat zaten tussen de krotten van de Arabieren was dat veranderd. Ze zei dat het door de verveling en het klimaat kwam waar iedereen een soort tropenkolder van kreeg. Als hij dan van een inspectietocht langs de boortorens terugkwam en het kon weer niet, ging hij zich bedrinken in de Amerikaanse Club. Dan klokte hij in een uur een hele fles bourbon naar binnen. En als hij dan lazarus thuiskwam bleef hij soms uren op de bedrand met zijn beweeglijke platvoeten zitten klappen. Ze werd er gek van. Van alles op den duur. Van die hitte, die afschuwelijke gewoonten van dat volk waar ze tussen opgesloten zaten. Waar ze geen snars van begrepen. Ze had daar een oudere vriendin gehad. De vrouw van een collega van haar man. Die was in het begin heel normaal geweest. Ze las wel eens wat theosofische boeken, maar daar sprak ze nooit over. Maar toen ging ze ineens als de mannen op pad waren briefjes bij de vrouwen in de flat onder de deur door schuiven waarop ze geschreven had: *Bedwing uw begeerten! Streef naar bewuste Eenheid met het Al! De Hartstocht verstoort de Harmonie in het Heelal! Liefde is de verenigende Kracht van de Grote Heelalse Magneet!* En meer van zulk soort flauwekul. En het eindigde ermee dat ze op een nacht overal op de muren van het trappenhuis en de gangen en zelfs in de liftkoker met haar lipstick in knalrooie letters van een halve meter had geschreven: FUCK ME I'M DESPERATE. Daarna was ze de stad ingerend met alleen maar haar slipje aan en een bh. Ze hadden haar de volgende morgen slapend in de goot van een achterbuurt gevonden. Afgenaaid. Haar dijen aan de binnenkant ontveld. Er moesten hele volksstammen overheen zijn geweest. En in plaats van dat ze gezorgd hadden dat ze in een hospitaal kwam waren ze met z'n allen de muren gaan afkrabben en wit kalken zodat die brandend rooie letters van lipstick weg zouden zijn voordat de mannen thuiskwamen. En toen kwam ze weer aan haar eigen Humphrey Bogart toe. Hij was steeds jaloerser geworden. Want naaien ging bijna niet meer en die knappe donkere Arabieren keken maar. Je tepels omhoog. En zij keek terug, want dat was nog het enige dat ze had. Ze moest het allemaal met blikken en flirten afreageren. Want je kon daar verder niets anders doen dan een beetje eten en een beetje drinken. En het leven was zo voorbij. Daarom ging ze soms met een Arabische vriend uit als haar man weer voor een paar weken op inspectie was. Alleen maar wat rondrijden in zijn auto en een beetje vrijen. Maar echt ontrouw was ze nooit geweest, zei ze. Ze had het niet eens gekund al had ze het gewild. En toen zat ze een keer met hem in een kroeg, en iemand had haar zeker verlinkt, want ineens kwam haar man binnen terwijl hij honderd kilometer verderop had moeten zitten. Hij liep heel rustig en ingehouden naar hun tafel toe en sleurde haar er plotseling achter vandaan terwijl hij haar een klap midden in haar gezicht gaf. Dat had haar vriend niet genomen. Dreigend was hij opgesprongen en wild met zijn armen maaiend gaan vechten. Steeds dook hij weer in elkaar en sprong laag langs de vloer glijdend op haar man af. Maar het was allemaal flauwekul geweest. Het ijdele gefladder van een kemphaan. Want haar man had die Arabier met drie klappen tegen de grond gewerkt. Toen hij weer overeind krabbelde had hij hem met een uppercut buiten westen geslagen, zodat hij als een vod in zijn prachtige kledij lag. Ineens had hij toen voor haar gestaan met een revolver in zijn hand. Achteraf had ze niet geweten of hij nou op haar had willen schieten of haar alleen had willen dwingen met hem mee te gaan. Maar er werd ineens van alle kanten aan hem getrokken. Toen had het schot geklonken. Ze had niets gevoeld. Alleen een warm en branderig gevoel. Ze had er geen gevoel meer in, zei ze, terwijl ze over het litteken wreef. Ze kon er een brandende sigaret tegen houden. Ze dacht dat haar man een soort brain damage had opgelopen. Altijd in die brandende zon en al die drank. Tot overmaat van ramp had hij ook nog een kameleon gekocht. Van een handelaar die hem van Madagascar had meegebracht. Ze had het afschuwelijk gevonden dat beest in die glazen bak op haar kamer waar ze de hele dag met hem alleen was. En die ogen maar draaien. Net of ze altijd door het sleutelgat werd beloerd. Hij moest gevoerd worden met kakkerlakken. Als haar man met zijn vrienden zat te kaarten en te drinken en hij zag er een langs de muur lopen was hij te lui om hem zelf te vangen. Dan moest zij een stukje tape afknippen en hem op de plaats vastplakken. Want ze durfde die beesten voor geen goud beet te pakken. Hij wees alleen maar en riep: 'Cockroach, cockroach!' Als ze dan 's avonds in bed lag en ze kon niet slapen van de hitte dacht ze de pootjes van die gevangen beesten langs de kalk te horen krassen. De volgende morgen haalde hij ze eraf en gooide ze bij de kameleon. En ze had het niet erg gevonden dat dat beest die kakkerlakken opat. Maar het geluid dat hij erbij voortbracht. Afgrijselijk! Toen ik haar vroeg hoe het nou met haar man afgelopen was, zei ze, dat die wel in de gevangenis of in een inrichting zou zitten. Dat het laatste dat hij tegen haar geroepen had, toen hij door de politie werd weggehaald na het onderzoek, was, dat hij haar overal zou weten te vinden. Hij had haar strak aangekeken en verbeten gezegd: 'Olga, you'd better look over your shoulder.' Ze was doodsbang geworden en had meteen een telegram naar haar moeder gestuurd om haar te komen halen. En nu zat ze weer in Alkmaar. Tussen die natte drassige weilanden. En ze kreeg barstende koppijn van die mist zoals ze daar in het begin koppijn had gekregen van die verzengende hitte. Ik zei dat ze nu tenminste weer vrij was. Ze viel ineens tegen me uit: 'Maar ik wil helemaal niet vrij zijn. Ik voel me er doodongelukkig mee.' Toen drukte ze haar hoofd in haar handen en schoof haar haren wanordelijk en luchtig omhoog. Zo bleef ze zitten. Ik keek naar die parelmoer gelakte nagels aan die oudachtige witte handen in dat rooie haar dat ook al zo vaal en dof was. En ik moest me inhouden om niet naast haar te gaan zitten en mijn arm om haar heen te slaan en eens lekker samen uit te grienen van ellende. Ineens zei ze met een matte stem alsof ze tegen zichzelf sprak: 'Ach, ik heb me toen overhaast weer ergens ingestort. Ik dacht, met hem krijg ik de halve wereld te zien, en ik ben het nu allemaal alweer vergeten. Behalve de nare dingen. Die hitte en die rotinsecten. En dat lichaam van me dat steeds maar opspeelde. Want dat moet je overal mee naartoe slepen. En ik kan je wel zeggen dat ik helemaal niet tevreden ben met het leven dat ik tot nu toe gehad heb. Helemaal niet. Soms denk ik wel eens dat ik naar een psychiater moet. Ik kom er niet uit. Als je allerlei gevoelens niet bij je boven laat komen, dan weet je het op het laatst niet meer. Alles had ik weggedrongen. Van ons ook. Tot je me die foto's liet zien vlak voordat ik wegging. Toen kwam alles weer boven.' Ze stond op en ging rondlopen. Ineens bleef ze staan en wees naar de grond en zei dat ze midden in die hitte plotseling die plek glashelder voor zich had gezien. Hoe we daar hadden zitten luisteren naar die twee platen van Benny Goodman toen ze voor het eerst bij me kwam. En dat ik tegen haar gezegd had onder het vrijen: 'En nu wil ik mijn kostelijke zaad wel eens kwijt.' En dat ze toen doodsbang geworden was. Ze begon ineens rauw te lachen, strekte haar lichaam, drukte haar handen tegen haar maag en vroeg of ik niet vond dat haar borsten weer groter werden. Ze zei dat ze er borstsmeersel voor gebruikte. Ze had er potten vol van meegenomen. Uit Abu Dhabi. Ze had er genoeg voorraad van tot aan haar zestigste, vertelde ze lachend. Als je het erop smeerde kreeg je een warm prikkelend gevoel alsof je onder een elektrische deken lag. Dan werd je huid rood. En als dat weggetrokken was zag je echt dat ze opgezwollen waren. Haar man had haar erom uitgelachen. Hij zei dat het helemaal niet hielp en dat het hem ook niet kon schelen of het hielp. Dat het gewoon hormonencrème was uit Amerika die die Arabieren in hun eigen potjes met geheimzinnige etiketjes overhevelden. Ik vroeg me af wat ze nu wilde. Dat ik zou vragen of ik ze mocht zien om dan van me te horen dat ze weer net zo als vroeger waren. Of was ze zomaar wat aan het kletsen als een kip zonder kop. Zonder bijbedoelingen. Hoe dan ook, een verzoening op basis van borstsmeersel zat er tussen ons niet in. Maar ze was zelf al weer heel ergens anders. In Amerika, waar ze toch wel een fijne tijd had gehad. Ze had er soms wel vijf lobsters op een dag gegeten en op een keer had ze langs een weg door een uitgestrekte prairie een koe zien slachten door een stelletje cowboys. Ze waren uitgestapt en hadden de hele avond toegekeken hoe dat dier in stukken gehakt werd en ter plekke geroosterd. Het was net een film geweest. River of no Return met Marilyn Monroe die ze met mij gezien had in een ver verleden. De volgende ochtend had ze de hitte van het vuur nog op haar wangen gevoeld zo dicht had ze erbij gezeten. Het was een krankzinnig land. In de ene plaats hingen de tepels van de meiden die je bedienden bijna in je bord en even verderop verfden ze zelfs het chroom van hun auto's dofzwart en moest je de nicotineplekken aan je vingers verbergen anders was je niet welkom. Op een avond had haar man honderdtachtig gereden omdat ze op waren van de slaap en het dichtstbijzijnde motel tweehonderd kilometer verder lag. Ineens een blauw knipperlicht naast ze. Gebrul: 'Hebt u onze radar niet gezien!' Zo'n beul van een agent in zwart leer. Maar toen ze hem een paar houten klompjes had gegeven werd hij zo week als een kind. Zijn voorouders waren Hollanders geweest. En over een boete werd niet meer gesproken. En toen had ze het ineens weer over een Curiosashow die ze met mij gezien had toen ze me voor de tweede keer ontmoet had op de kermis op de Nieuwmarkt. Een vrouw van was aan een martelpaal gebonden met een gewicht om haar middel zag ze nog zo voor zich. Er hadden rode strepen langs haar onderbenen gelopen en bloed uit haar mond. En zo had ze zich gevoeld toen haar man, de tweede, een keer tegen haar gezegd had: 'Je bent zo trots als Jeanne d'Arc, alleen niet zo sterk.' En toen had hij haar met geweld genomen. Ze had het walgelijk gevonden. En ze had het ook afschuwelijk gevonden die keer dat ik al die kwallen op het strand van Ameland aan stukken had geslagen met een schep. Ook al wist ze wel dat ze dood waren. Maar ze lagen zo te trillen in de wind dat het net was of ze nog leefden. Toen kreeg ze er ineens weer genoeg van, van het oproepen van al die stukken verleden.

Ze was trouwens naar Amsterdam gekomen omdat ze voor een onderzoek naar een vrouwenarts moest. Omdat ze zich zo rot voelde in haar buik en met die barstende koppijn. En voordat ze wegging zei ze dat ze precies het tegenovergestelde was als die vriendin aan de Arabische Golf die Fuck me I'm desperate op de muren had geschreven. Dat zij ook uitwanhopig was. Maar dat ze tegen iedereen wel wilde uitroepen: 'Laat me in godsnaam met rust!'

Rosa Turbinata

Toen niet lang daarna haar moeder me opbelde sloeg het meteen door me heen dat er iets met Olga was. Haar stem klonk gemaakt meewarig om me goed te laten merken dat ze een flinke sterke vrouw was die zich wist te beheersen. Ze zei dat Olga de laatste tijd steeds ergere hoofdpijn had gekregen. Ze had haar een keer 's nachts bewusteloos op de wc gevonden. Ze had er uren gelegen. Omdat de huisarts de oorzaak niet kon vinden moesten er foto's van haar hoofd genomen worden in het ziekenhuis in Amsterdam. Nog voor de uitslag werd ze telefonisch opgeroepen. Ze moest meteen een hersenoperatie ondergaan. Ze hadden een luik opzij in haar hoofd gezaagd en er was een tumor zo groot als een stuk toiletzeep uitgekomen. Maar de wortels hadden ze moeten laten zitten omdat die in de hersens vastgegroeid zaten. Anders zou ze verlamd zijn geraakt. Ze werd nu iedere dag bestraald en op het ziekenhuis hadden ze goeie hoop. Olga had al een paar keer naar mij gevraagd en nu had zij mij gebeld om me te vragen of ik haar van tijd tot tijd zou willen opzoeken. Want zij was de enige die kwam en ze kon toch ook niet iedere dag naar Amsterdam reizen. Terwijl ze dat allemaal vertelde was het net of ik duizelig werd. Of ik de ernst van de situatie niet goed inzag. Want ik zag Olga zweven in glasachtig licht met haren zo lang als de Venus van Botticelli. Net zo mooi als vroeger. Of ze in haar oude glorie was hersteld. Pas toen ik de hoorn had neergelegd – nadat ik de bezoekuren die ik zou komen duidelijk vastgesteld had, want ik wilde dat secreet beslist niet ontmoeten en dat zei ik haar ook – voelde ik mijn ogen strak en vreemd in mijn kop zitten. Alles wat ze de laatste jaren had uitgevreten, vanaf haar plotselinge vlucht bij mij vandaan tot aan de kakkerlakken van de Arabische Golf, kwam misschien wel door die kleurloze knol in haar kop die met zijn woekerende wortels haar hersens had aangetast. Ik zag ineens dat vreemde staren van haar voordat ze voorgoed bij me wegging. Nu achteraf was het alsof ze had zitten luisteren naar wat er daar van binnen aan de gang was. En toen in paniek gevlucht was voor iets dat ze zelf niet begreep maar dat ze met zich mee droeg. Overal heen. Onontkoombaar als een schaduw. Na dat telefoongesprek belde ik meteen een vriend van me op die internist was. 'Dat rooie vrouwtje van vroeger? Wat zonde.' Hij had gezegd dat er niets aan te doen was. Hij kon me dat nu wel zeggen omdat ik toch niets meer met haar te maken had. Dat ze het wel tegen probeerden te houden met bestralen maar dat dat uitstel van executie was. Want die wortels bleven zitten. En bij de een duurde het vijf jaar tot het zaakje weer ging groeien en bij de ander was het na een paar maanden alweer mis. Ik hoorde van hem alleen maar wat ik al wist. Dat ze eraan ging. Dat ze reddeloos verloren was. En ik herhaalde voor mezelf terwijl de tranen in een zenuwaanval over mijn smoel stroomden: 'Je gaat dood Olga. Je gaat dood.' De volgende middag ging ik naar haar toe. Ze lag in een kleine kamer. Het eerste dat ik zag toen ik er binnenkwam was een groot raam met veel parkachtige bomen erachter. Door de structuur van het horrengaas ervoor en het licht dat er goudachtig in bleef hangen leek het een gobelin. En zij lag in de blauwachtige schaduw van dat kamertje en buiten scheen de zon. Ik legde de rozen op het voeteneinde van haar bed en liep naar haar toe. Ze stak haar hand uit. Hij voelde krachteloos en waterig aan en ook haar gezicht was pafferig. Haar ogen leken er kleiner door. De linkerzijkant van haar hoofd was kaal. Er was bijna niets te zien van littekens. Wat roodachtige lijntjes. Je zag het alleen aan de huid die trilde. Dat er geen bot achter zat. Het haar dat nog over was was kort en zat vol kale plekken. Ze haalde haar vingers er zenuwachtig door en zei terwijl ze zichzelf in een spiegeltje bekeek dat ze misschien wel helemaal kaal zou worden. Dat de dokter dat gezegd had. Het kwam van het bestralen. Maar later zou het weer gewoon aangroeien en van dat litteken zou niets meer te zien zijn. Ze probeerde te lachen en zei dat ze nu een hoofd met een deurtje had. Dat dat stukje bot er later weer ingezet zou worden. Dat het nu beneden in het ijs bewaard werd. Ze vond dat zo'n gek idee. Dat er ergens anders iets van haar was. Ze had in het begin steeds moeten denken aan de plaat van Anton Pieck voorop Winden Waaien om de Rotsen van Trygve Gulbranssen dat bij haar moeder in de boekenkast stond. Een gletsjerachtige ijswand waar een schedel in getekend was. Ze had gewoon die kou aan haar hoofd gevoeld. Op de plek waar het open was. Toen ik naast het bed ging zitten zei ze dat ik er goed uitzag en ik voelde me toen een soort ludieke ploert. Want ik was gezond en ik kon niets voor haar doen. Ze zei dat ze in het begin had gedacht toen ze naar buiten keek, wat een prachtige lichtgroene bloemen aan die bomen. En ze had steeds maar liggen denken wat dat kon zijn, lichtgroene bloemen. Ze had het zo geheimzinnig gevonden. Tot de verpleegster haar had gezegd dat het de kastanjes aan de bomen waren. Er was toch iets geks met haar ogen. Want ze had eerst duidelijk kunnen lezen wat er op die reproductie van een roos tegenover haar aan de wand stond. Rosa turbinata. Maar nu zag ze alleen nog maar grijze vlekken. Ze mocht niet lezen, dat was te vermoeiend zeiden ze. Maar vorige week had haar moeder de Libelle bij zich. Die had ze stiekem onder de dekens bij zich gehouden. Toen ze er later in probeerde te lezen moest ze steeds van voren af aan beginnen omdat ze na een paar zinnen alweer vergeten was wat ze had gelezen. En soms begreep ze gewoon niet wat er stond. Dan zat ze de woorden te spellen als een schoolkind. Ineens vroeg ze hoe het met de kat ging. Ik vertelde niet alleen hoe het nu met hem ging maar ook hoe het al die tijd dat zij weg was met hem gegaan was. Dat hij in het begin steeds naar de deur was gelopen als hij hoge hakken buiten hoorde. Dat hij overal naar haar gezocht had in huis. Ze begon te huilen en zei dat dat ene jong dat ze er toen zelf had uitgehaald het enige was dat echt van haar geweest was. Dat ze het zo erg had gevonden toen hij wegging. Ik schoof mijn stoel dichter naar het bed, sloeg mijn arm om haar schouder en zei dat als ze beter was we samen naar hem zouden gaan kijken. Ze knikte maar bleef doorhuilen. Ik legde mijn hand op haar vochtige wang en drukte haar hoofd tegen me aan. Zo bleven we zitten tot de verpleegster opgewekt binnenkwam alsof het een kraamkamer was en zei dat het bezoekuur voorbij was. En zo heb ik dat laatste halfjaar van haar leven een paar keer in de week een paar uur naast haar doorgebracht. Door dat raam, waar ook in de winter het horrengaas voor bleef zitten, hebben we samen de bomen geel zien worden, de sneeuw zien vallen. Maar toen alles weer groen werd moest ik het haar vertellen. Ze was toen al bijna helemaal blind. In het begin was ze meestal heel rustig en helder. Ze wist zich dan allerlei dingen van vroeger haarscherp te herinneren. Dat we op een bank in het Vondelpark honing uit weigelia's hadden gezogen en dat er naast ons in de papierbak grote dotten zwart hondenhaar hadden gezeten. Dat het asfalt altijd nat van dauw was als we van een nachtconcert kwamen en dat we een keer toen we op het terras van het restaurant in Artis zaten hadden gezien hoe een zilvermeeuw een mus die te dicht bij hem in de buurt kwam in één hap naar binnen had geslokt. Ze zag dat beest nog bewegend door die strot gaan. Afschuwelijk. Ze zei op een keer dat ze in Mexico een beeldje uit een opgraving voor me had gekocht. Van terracotta. Een vrijend stel, met de aarde er nog aan. Ze had het ergens in een hotel in San Diego laten liggen. Maar later werd ze soms net een dreinend kind. Dan moest ik een paar keer op een middag aan haar voortanden voelen omdat ze dacht dat ze los gingen zitten. Midden onder het bezoekuur wilde ze me dan wegsturen om een zak Turks fruit voor haar te halen omdat dat het enige was wat ze nog durfde te snoepen met die loszittende voortanden. Of ze wilde dat ik haar de hele middag hielp bij het in elkaar zetten van een legpuzzel van een even uitbundig herfstlandschap als waarvan ze me een kaart had gestuurd uit Californië. Steeds als ik dan een paar goeie stukjes had gevonden en ze aan de puzzel zette haalde ze ze eraf en zei dat het niet de goeie waren, dat ze niet pasten. Ze kreeg dan iets kwaadaardigs. Met heel veel tact moest ik dan zorgen dat ik haar de passende stukjes weer gaf zodat ze het idee had dat ze ze zelf had gevonden. Anders werd ze steeds dwarser en knabbelde het landschap stukje voor stukje weer af. Voor het einde van dat jaar was ze helemaal kaal. Het stond haar eigenlijk wel goed zoals ze nu was. Met dat bolle opgezwollen gezicht. Een halfdebiele almoeder die lijkt te lachen omdat ze half blind is. Maar zij vond het verschrikkelijk. Ze wist niet waar ze blijven moest. Iedere keer als ik kwam had ze wel dat kussen achter haar hoofd eroverheen willen trekken. Daarom kocht ik, nadat ik er met de dokter over gesproken had, een pruik voor haar. Ik leende er zeshonderd gulden voor die ik pas een jaar na haar dood heb kunnen terugbetalen. Hij was iets vuriger rood dan haar vroegere haar. Dolgelukkig was ze ermee. De eerste middag dat ze hem ophad zat ze aan een stuk door luchtig met haar handen over haar hoofd te voelen. Maar hij stond haar afschuwelijk. Het was angstaanjagend. Omdat je niet meer kon zien dat ze ziek was. Of ze er altijd zo had uitgezien. Als een opgeblazen kwaadaardige sprookjesprinses. Een grimmige leugenachtige stiefzuster van Assepoester. En als hij scheef stond zag ze er zo mallotig uit dat ik wel lachen en janken tegelijk kon. Ze ging ook steeds meer verhalen vertellen waarvan ik dacht dat ze ze verzon. Dat die Amerikaanse man van haar haar regelmatig een blauw oog had geslagen. Iedere keer als ze uit geweest waren en hij dacht dat ze met een ander geflirt had gaf hij haar thuis in de hal een harde stomp tegen haar kop. Daarom was ze nu zo ziek geworden. En hij nam ook altijd de kilometerstand op van de auto als hij een poos weg moest. Dan moest zij later verantwoording afleggen. Hij had haar ook een keer toen ze dronken waren uitgekleed en ijsblokjes in haar kut gestopt. Ze had wel uit het raam willen springen boven op die hutten van die Arabieren, zo heet was het en zo jeukte het. En soms vertelde ze dingen over mij alsof ze helemaal vergeten was dat ik bij haar zat. Dat ik haar uren naast me liet fietsen. Tot ze er zo moe van werd dat ze met fiets en al aan de kant van de weg in het gras neerviel. Ik liet haar ook altijd rozen uit de plantsoenen stelen, waardoor ze bloedige vingertoppen kreeg van de doorns. Ze was altijd doodsbang geweest dat ze betrapt zou worden. Maar na verloop van tijd hield zelfs het liegen en fantaseren op. Toen kon ik niets anders meer voor haar doen dan haar wat voorlezen. Zomaar onzin uit de Libelle. Het gaf niet waar ik begon. Als ik even ophield zei ze soms iets. Het werd steeds onsamenhangender maar soms begreep ik dat ze dingen over vroeger wilde zeggen. Als het tot haar doordrong wie ik was. En een keer zei ze zomaar ineens: 'Als het in het midden van augustus ineens koud wordt, wordt alles chaotisch.' Niet lang daarna hield alles op. Ze zag niets meer. Ze kon bijna niet meer praten. Haar ogen puilden naar voren alsof ze van achteren opgeduwd werden. Ze werd nog dikker en wateriger. Toch bracht ik nog steeds bloemen voor haar mee. Meer voor de verpleegster dan voor haar. Want ik durfde het niet zomaar schaamteloos te laten omdat ze er toch niets meer van zag. Er overviel me zo'n verstikkende troosteloosheid als ik bij haar binnenkwam dat ik wel als Oliver Hardy met schuchtere en lompe opgewektheid er binnen had willen stuiven terwijl ik keihard riep: 'Aloha babe!' En dan door dat glas en dat horrengaas had willen springen en met mijn rozen als parachute over de uitlopende kastanjes weg had willen zweven met haar. Als bij toverslag weer veranderd in het meisje van mijn dromen. Op een van de eerste voorjaarsdagen toen ik 's middags kwam was ze dood. Ze was de avond ervoor gestorven. De dokter zei dat ik me geen verwijten hoefde te maken. Ik had gedaan wat ik kon. Ze hadden me bewonderd omdat ik altijd op tijd was en nooit eerder wegging. Ook niet toen ze mijn aanwezigheid al niet eens meer opgemerkt moest hebben. Hij zei dat het heel veel voor haar betekend had. Dat ik haar diep gelukkig had gemaakt met die pruik want dat ze toen ze stierf hem met allebei haar handen op haar hoofd had gedrukt. Toen ik haar voor 't laatst gezien had – niet afstotelijker dan ze er de laatste tijd had uitgezien – en de dokter met mij opliep door de gang vroeg hij of hij die pruik soms voor me moest bewaren omdat ze meteen gekist zou worden en naar het crematorium in Velsen zou gaan. Ik zei dat ze hem moest ophouden. Dat ze het zelf zo gewild had.